Die schönsten Weihnachtsgeschichten,
die du noch nicht kennst.

In einfacher Sprache,
angelehnt an leichte Sprache.

Inhaltsangabe

Die Weihnachtsgeschichte nach der Bibel

Die Geburt Jesu Christi (Lukas 2,1-20):

Es kam eine Zeit, da befahl Kaiser Augustus eine Volkszählung.
Diese war die erste unter Quirinius in Syrien. Alle mussten dafür in ihre Heimatstadt.
Auch Josef ging von Nazareth nach Bethlehem. Er ging mit seiner Frau Maria.
Sie war schwanger. In Bethlehem kam die Zeit der Geburt. In der Herberge gab es keinen Platz.
Sie übernachteten in einem Stall. Dort bekam sie ihren Sohn. Sie wickelte ihn in Windeln.
Sie legte ihn in eine Futterkrippe.

In der Nähe hüteten Hirten auf dem Feld ihre Schafe. Ein Engel des Herrn kam zu ihnen.
Da leuchtete das Licht des Herrn um sie. Sie fürchteten sich sehr. Der Engel sagte:
„Fürchtet euch nicht! Ich bringe euch frohe Nachrichten für alle.
Heute ist in Davids Stadt Betlehem der Heiland geboren. Es ist Christus, der Sohn Gottes.
Ihr werdet ein Kind finden. Es liegt in einer Krippe und ist in Windeln gewickelt."

Plötzlich flogen noch viel mehr Engel herum. Sie lobten Gott und sangen:

„Ehre sei Gott im Himmel.
Frieden auf Erden.
Gott meint es gut mit den Menschen."

Die Engel flogen zurück in den Himmel. Die Hirten sagten zueinander:
„Lasst uns nach Bethlehem gehen. Wir wollen sehen, was passiert ist."
Sie gingen schnell nach Bethlehem. Dort fanden sie Maria, Joseph und das Kind in der Krippe.
Sie erzählten von der Vorhersage der Engel. Alle wunderten sich.
Maria behielt alles in ihrem Herzen und dachte darüber nach.

Die Hirten gingen zurück. Sie lobten Gott für alles Gehörte und Gesagte.
Es war genau, wie man es ihnen gesagt hatte.
Nach acht Tagen bekam das Kind seinen Namen: Jesus.

Die Geschichte vom heiligen Nikolaus

Vor langer Zeit lebte ein Mann mit Namen Nikolaus in Myra. Myra ist eine Stadt in der Türkei.
Nikolaus war freundlich und half gern. Seine Eltern waren reich.
Sie erzogen ihn fromm. Sie brachten ihm bei, Menschen in Not zu helfen.
Nach dem Tod seiner Eltern erbte er ihr Geld. Er wollte nun den Armen helfen.

Nikolaus hörte von einem armen Mann in der Stadt. Er hatte drei Töchter.
Er hatte kein Geld für ihre Mitgift: das sind Geld oder teure Dinge für die Ehe.
Ohne Mitgift konnten die Töchter nicht heiraten. Nikolaus wollte helfen.
Aber es sollte keiner merken.

In einer Nacht warf Nikolaus einen Beutel Gold durch das Fenster.
Der Mann fand das Gold am Morgen. Er war sehr glücklich.
Jetzt konnte er seine älteste Tochter verheiraten.
Ein paar Nächte später tat Nikolaus es wieder.
Er warf einen weiteren Beutel Gold durch das Fenster.
Der Mann konnte nun auch seine zweite Tochter verheiraten.

Der Mann wollte wissen, wer der Wohltäter war.
In der nächsten Nacht versteckte er sich und wartete.

Nikolaus warf den dritten Beutel mit Gold durch das Fenster. Der Mann erkannte Nikolaus.
Er fiel vor ihm auf die Knie. Der Mann dankte Nikolaus von Herzen.
Nikolaus bat den Mann, niemandem davon zu erzählen.
Nikolaus wollte bescheiden und demütig helfen.
Viele Geschichten über Nikolaus‘ Großzügigkeit verbreiteten sich.
Nach seinem Tod wurde Nikolaus für heilig erklärt.
Er wurde der Schutzpatron der Kinder und Seefahrer. Sein Festtag ist der 6. Dezember.
An diesem Tag bekommen Kinder kleine Geschenke und Süßigkeiten.
Die Geschichte vom heiligen Nikolaus lebt weiter.
Sie sagt, wir sollen Gutes zu tun und ohne Gegenleistung anderen helfen.

Es war die Nacht vor Weihnachten

von Clement Clarke Moore

Es war die Nacht vor dem Weihnachtstag,
im Haus regte sich nichts, kein Knecht, keine Magd.
Die Strümpfe am Kamin hingen schon fein,
denn vielleicht kommt Sankt Nikolaus herein.

Die Kinder lagen still in den Bettchen,
Träumten von süßen Weihnachtsplätzchen.
Mama im Tuch und ich gut bedeckt,
Aber sofort wurden wir schon wieder geweckt.

Draußen vorm Haus gab's Riesenkrach.
Ich sprang aus dem Bett und schaute gleich nach.
Hin ans Fenster, so schnell wie der Blitz,
Riss die Läden zur Seite und spähte wie ein Spitz.

Der Mond auf dem Schnee so blendend und klar,
Machte die Nacht heller als Morgenlicht war.
Als was zu meinen Augen kam, o Schreck,
Ein kleiner Schlitten und acht winzige Böck'.

Ein kleiner, alter Fahrer so lustig und schnell,
Sankt Nikolaus war's, mit Glocken so hell.
Schneller als Adler die Böckchen sie liefen,
Und er pfiff und rief sie mit Namen herbei:

„Jetzt, Dasher! jetzt, Dancer! jetzt, Prancer und Vixen!
Auf, Comet! auf, Cupid! auf, Donder und Blitzen!
Über das Hausdach, über den Steg,
Lauft schnell wie der Wind und beachtet den Weg!"

Wie die trockenen Blätter, die fliegen und zwirbeln,
wenn sie auf einen Windstoß mit Macht hochwirbeln,
so flogen sie alle, und mit einem Krach,
platzte der Schlitten voll Spielzeug aufs Dach.

Und dann hörte ich in der Luft einen Schall,
Das Trappeln von Hufen, ganz plötzlich überall.
Ich zog meinen Kopf ein, er sollte nichts ahnen:

Sankt Nikolaus kam durch den Kamin mit fliegenden Fahnen.

Er war gekleidet in Pelz, von Kopf bis Fuß,
Und die Kleider voll Asche und Ruß.
Ein Bündel von Spielsachen trug er im Sack,
Sah aus wie ein Dickwanst, so voll und so spack.

Seine Augen, sie funkelten, seine Grübchen, so fein!
Seine Wangen, so rot, die Nase so klein!
Sein munteres Lächeln, der Bart weiß und dick,
Der Bauch rund und mollig wie ein Pudding am Stück.

Er war fett und rund, ein fröhlicher Elf,
Und ich lachte, als ich ihn sah, trotz meiner selbst.
Ein Zwinkern der Augen, ein Drehen des Kopfs,
da wusste ich: Er ist ganz lieb, der dicke Klops!

Er sprach nicht ein Wort, ging gleich ans Werk,
Füllte die Strümpfe, dann dreht' sich der Zwerg.
Er legte seinen Finger an die Seite ganz flach,
Nickte, nickte und flog wieder hoch aufs Dach.

Er sprang in den Schlitten, pfiff laut seinen Tieren,
Und weg waren sie so schnell als würden sie frieren.
Doch ich hörte ihn rufen, als er fortflog im Wind:
„Frohe Weihnachten für alle und schlaft geschwind!"

Das Weihnachtslied

von Adalbert Stifter

Es war einmal ein schönes Kind. Das Kind hatte eine fromme Mutter.
Die Mutter war sehr arm. Sie liebte ihr Kind sehr.
Das Kind liebte die Mutter auch sehr. Das war ihr einziges Glück in der Armut.
Zur Weihnachtszeit saß das Kind in der kleinen Stube.
Es sah in die winterliche Welt hinaus. Die Mutter saß am Spinnrad und spann.
Sie wollte das Nötigste zum Leben haben.
„Mutter“, sagte das Kind, „morgen ist der heilige Christabend.
Wir haben keinen Christbaum. Wir haben auch nichts zu essen.“

Die Mutter sagte: „Mein liebes Kind, sei nicht traurig. Gott wird uns helfen.
Ich singe dir ein Lied. Es ist ein Weihnachtslied vom Christkind.“

Die Mutter sang ein schönes Lied vom Christkind. Das Christkind wurde in einem Stall geboren.
Es rettete die Welt.

Das Kind hörte das Lied. Es wurde ihm warm ums Herz.
Es ging getröstet schlafen.

Am nächsten Morgen wachte das Kind auf. Es sah einen schönen Christbaum am Bett.
Viele Lichter leuchteten am Baum. Goldene Äpfel und Nüsse hingen daran.
Unter dem Baum standen Brot und Milch.

Das Kind sprang vor Freude auf. Es weckte die Mutter.
„Mutter, Mutter“, rief es, „der heilige Christ hat uns einen Baum gebracht.
Er brachte auch Brot und Milch.“

Die Mutter konnte es kaum glauben. Sie dankte Gott.
Das Kind sang nochmal das schöne Lied. Es war sehr glücklich.

Sie aßen und tranken. Dann legten sie sich wieder hin und schliefen ein.
Der heilige Christ aber ging leise durch die Stube und segnete die fromme Mutter und ihr gutes Kind.

Weihnachten bei den Schmummels

von Theodor Storm

Es war ein schöner Weihnachtsabend. Die großen Straßen der Stadt waren hell.
Überall waren geschmückte Christbäume und beleuchtete Fenster.
Ein Haus in einer kleinen Gasse leuchtete besonders hell.
Dort fand offenbar ein festlicher Weihnachtsabend statt. Man sah einen hohen Tannenbaum.
Er glitzerte mit goldenen und silbernen Äpfeln, Nüssen und Lichtern.
Auf dem Tisch lag ein weißes Tuch. Feines Porzellan und silberne Löffel und Gabeln glänzten.
Es war aber nur eine einfache Bürgerstube.

Drinnen im Zimmer war es lustig. Ein kleiner dicker Mann mit rotem Gesicht und blondem Bart schnitt das Weihnachtsbrot. Vor ihm standen seine Frau und die Kinder. Zwei große Kinder und ein kleines Kind. Der Weihnachtsmann war Herr Schmummel selbst. Er macht das jedes Jahr. Heute war er besonders fröhlich. Er hat erfahren, dass er Polizeikommissar wird. Das war ein großes Glück für ihn. Man sah ihm die Freude an. Er strahlte und schnitt das Brot sehr sorgfältig. „Hier, Kinder!"

Er legte ihnen das Gebäck auf die Teller. „Das Gebäck ist vom großen Weihnachtsbaum. Ich sah ihn auf dem Markt. Der Baum stand schon lange dort."

Die Kinder lachten. Seine Frau lächelte. Sie wusste, Herr Schmummel denkt sich gerne Geschichten aus.

Plötzlich wurde es draußen laut. Die Kinder liefen zum Fenster. Auch Herr Schmummel ging zum Fenster.

„Was ist draußen los?" fragte er.

„Es kommen Leute", sagte die Frau. „Sie wollen das Christkind sehen."

Die kleine Gasse war plötzlich voll. Männer, Frauen, Kinder und alte Leute drängten sich um das Haus. Sie schauten zu den beleuchteten Fenstern.

„Was wollen die Leute?" fragte Herr Schmummel und ging zur Tür. Alle standen still und sahen ihn an.

„Was wollt ihr?" rief er noch einmal.

Ein alter Mann trat vor. „Herr Polizeikommissar", sagte er, „wir wollten sehen, ob das Christkind bei Ihnen ist. Ihr Haus ist am schönsten beleuchtet."

Herr Schmummel lachte. „Kommt herein und seht selbst!"

Die Leute drängten sich in das kleine Haus. Sie sahen das Christbäumchen und die helle Stube. Sie sagten: „Ja, hier wohnt das Christkind!"

Sie gingen in die dunkle Gasse. Sie hatten das Gefühl, sie hatten das wahre Weihnachtsfest gesehen. Herr Schmummel stand bei seinen Kindern. Er dachte: „Hier wohnt das Christkind. Und ich bin sein Polizeichef."

Der Traum der alten Eiche

von Hans Christian Andersen

Im Wald stand eine alte Eiche. Sie war 365 Jahre alt. Für den Baum war das wie 365 Tage für Menschen.
Menschen wachen am Tag und schlafen nachts. Der Baum wacht drei Jahreszeiten.
Im Winter schläft er. Der Winter ist seine Nacht.

An warmen Sommertagen tanzte die Eintagsfliege um die Krone der Eiche.
Sie lebte, schwebte und war glücklich. Sie ruhte kurz auf einem Eichenblatt.
Der Baum sagte: „Du armes kleines Wesen! Dein Leben dauert nur einen Tag!
Wie kurz doch!“

Die Eintagsfliege antwortete: „Traurig? Was meinst du?
Alles ist so hell und klar, so warm und schön. Ich bin froh!“

Der Baum sagte: „Aber nur einen Tag, und dann ist alles vorbei!“

Die Eintagsfliege fragte: „Vorbei?“

„Was ist vorbei?“ fragte die Eintagsfliege. „Bist du auch vorbei?“

„Nein, ich lebe viele deiner Tage. Mein Tag ist sehr lang.“

„Ich verstehe dich nicht. Du hast viele meiner Tage. Ich habe viele Augenblicke.
Kann die Welt aufhören, wenn du stirbst?“

„Nein“, sagte der Baum. „Die Welt bleibt länger als ich.“

„Dann haben wir gleich viel Zeit. Wir rechnen nur anders.“

Die Eintagsfliege tanzte in der Luft. Sie freute sich über ihre Flügel.
Sie genoss die warme Luft und die Düfte der Blumen. Der Duft war stark.
Die Eintagsfliege fühlte sich leicht betrunken. Der Tag war lang und schön.
Die Sonne ging unter. Die Fliege wurde müde. Ihre Flügel konnten sie nicht mehr tragen.
Sie glitt auf einen Grashalm und schlief ein. Das war ihr Tod.

„Arme, kleine Eintagsfliege!“ sagte der Eichbaum: „das war ein sehr kurzes Leben!“

Jeden Tag tanzten die Eintagsfliegen. Sie sprachen und schliefen ein.
Alle Eintagsfliegen waren glücklich.

Der Eichbaum erlebte Frühling, Sommer und Herbst. Jetzt kam der Winter.

Die Stürme sangen: „Gute Nacht! Blätter fallen. Wir pflücken sie. Schlaf gut!
Wir wiegen dich in den Schlaf. Deine Äste knacken vor Freude. Schlaf gut! Es ist deine 365. Nacht. Du bist ein Jahr alt. Schlaf gut! Der Schnee bedeckt dich wie eine Decke.
Schlaf gut und träume!“

Der Eichbaum verlor alle Blätter. Er schlief den ganzen Winter und träumte.

Der Eichbaum war einmal klein. Er wuchs aus einer Eichel. Jetzt war er fast 400 Jahre alt.

Er war der größte und schönste Baum im Wald.
Seine Krone ragte hoch über alle anderen Bäume.
Man sah ihn schon von der See aus. Er war ein Zeichen für die Schiffe.
Er dachte nicht daran, wie viele Augen ihn suchten. In seiner Krone bauten die wilden Tauben ihre Nester. Der Kuckuck rief seinen Namen. Im Herbst sahen seine Blätter wie Kupfer aus.
Zugvögel rasteten dort. Dann flogen sie über das Meer. Jetzt war Winter.
Der Baum hatte keine Blätter mehr. Man konnte seine Zweige gut sehen.

Krähen und Dohlen saßen auf ihm. Sie sprachen über die harte Winterzeit.
Es war schwer, im Winter Futter zu finden.

Dann kam die Weihnachtszeit. Der Baum träumte von seinem schönsten Baum.
Der Baum fühlte, dass es eine festliche Zeit war. Er glaubte, Kirchenglocken zu hören.
Es fühlte sich an wie ein Sommertag, mild und warm. Seine Krone war frisch und grün.
Sonnenstrahlen spielten zwischen seinen Blättern und Zweigen.
Die Luft roch nach Kräutern und Büschen. Bunte Schmetterlinge spielten miteinander Fangen.
Eintagsfliegen tanzten und freuten sich.

Der Baum erinnerte sich an viele Erlebnisse. Er sah Ritter und Frauen auf Pferden.
Sie trugen Hüte mit Federn und Falken auf der Hand. Das Jagdhorn tönte und die Hunde bellten.
Er sah Soldaten mit Waffen und bunten Kleidern. Sie schlugen Zelte auf und ab.
Wachtfeuer brannten. Unter den Zweigen sangen und schliefen Menschen.
Liebespaare trafen sich im Mondschein. Sie schnitten ihre Namen in die Rinde.
Schüler hängten Zithern und Harfen in die Zweige. Die Instrumente klangen lieblich.
Tauben gurrten und der Kuckuck rief, wie viel Sommertage er noch leben sollte.

Da fühlte der Baum einen neuen Lebensstrom von den kleinsten Wurzeln
bis zu den höchsten Zweigen und Blättern. Er spürte Leben und Wärme in der Erde.
Der Baum wurde stärker und wuchs höher.

Der Baum wuchs schnell. Er hörte gar nicht auf zu wachsen. Die Krone wurde größer.
Sie breitete sich aus. Der Baum fühlte sich immer besser.
Er spürte Leben und Wärme und wurde immer stärker. Der Baum schoss hoch bis über die Wolken.
Da war kein Stillstand mehr. Die Krone wurde voller, breitete sich aus, hob sich empor –
und je mehr der Baum wuchs, um so mehr wuchs auch sein Wohlgefühl, ein unaussprechliches Glück,
eine erfüllende Sehnsucht, immer höher zu kommen, bis zu der glänzenden warmen Sonne.

Die Wolken, dunkle Scharen von Zugvögeln und weiße Scharen von Schwänen zogen jetzt
unter ihm vorbei. Jedes Blatt konnte sehen wie ein Auge. Die Sterne waren auch am Tag sichtbar.
Sie waren groß und blitzten. Sie leuchteten hell und klar. Die Sterne erinnerten an bekannte
liebe Augen, an Kinderaugen, an die Augen von Liebespaaren. Die trafen sich unter dem Baum.
Der Baum war glücklich. Er fühlte große Freude. Alle anderen Bäume, Büsche, Kräuter und Blumen
sollten auch diesen Glanz und diese Freude fühlen. Denn allen war der Baum nicht ganz glücklich.
Er wollte sein Glück teilen. Dieses Gefühl bewegte seine Zweige und Blätter stark.
Die Krone des Baumes bewegte sich. Als wenn er etwas sucht. Der Baum schaute zurück.
Er roch Waldmeister, Geißblatt und Veilchen. Er hörte den Kuckuck rufen.

Und tatsächlich: Grüne Baumspitzen wuchsen durch die Wolken. Andere Bäume wuchsen auch.
Büsche und Kräuter wuchsen hoch. Einige flogen mit den Wurzeln in die Luft.
Die Birke war am schnellsten. Ihr Stamm schoss wie ein Blitz nach oben.

Ihre Zweige wehten wie grüne Fahnen. Die ganze Natur wuchs mit. Vögel folgten und sangen. Eine Heuschrecke spielte auf ihrem Bein. Maikäfer brummten und Bienen summten. Jeder Vogel sang.

Die Eiche sagte: „Die kleine rote Blume am Wasser soll auch mit! Und auch die blaue Glockenblume und das Gänseblümchen."

„Wir sind dabei, wir sind dabei!" sang und klang es überall.

Die Eiche erinnerte sich an den Waldmeister vom letzten Sommer. Sie dachte an die Maiblümchen und den wilden Apfelbaum. Sie erinnerte sich an die Schönheit des Waldes seit vielen Jahren. Sie waren verstorben. Wären sie noch am Leben, könnten sie jetzt doch dabei sein!

„Wir sind dabei! Wir sind dabei!" sangen die Stimmen von oben. Anscheinend waren sie mit hinaufgeflogen.

„Das ist zu schön!" jubelte die alte Eiche. »Ich habe alle bei mir, klein und groß. Keiner ist vergessen! Wie ist das möglich?"

„In Gottes Himmel ist es möglich!" klang es.

Da merkte der Baum, dass sich seine Wurzeln lösten.

„Das ist das Beste!" sagte der Baum. „Kein Band hält mich mehr! Ich kann zu den Höchsten in das Licht und den Glanz hochfliegen! Und alle Lieben sind bei mir, klein und groß, alle bei mir!"

„Ja, alle!"

Das war der Traum des Eichbaums. Bei seinem Traum tobte ein Sturm über Meer und Land in der heiligen Weihnacht. Die See warf große Wellen gegen den Strand. Der Baum krachte hinab und wurde mit der Wurzel ausgerissen. Gerade als er von den losgelösten Wurzeln träumte. Seine 365 Jahre waren nun wie ein Tag einer Eintagsfliege.

Am Weihnachtsmorgen schien wieder die Sonne. Der Sturm hatte sich gelegt. Alle Kirchenglocken läuteten festlich. Aus jedem Schornstein stieg Rauch auf, auch aus dem kleinsten Haus. Der Rauch war wie ein Zeichen des Dankes.

Das Meer wurde ruhiger. Auf einem großen Schiff wurden alle Flaggen gehisst.

„Der Baum ist weg! Der alte Eichbaum, unser Zeichen an Land!“ sagten die Seeleute.
„Er ist in der Sturmnacht gefallen! Wer kann ihn ersetzen? Niemand!“
Es klang wie eine kurze Leichenrede für den Baum.

Der Baum lag auf dem Schnee am Ufer. Vom Schiff erklang ein feierliches Lied.
Es war ein Lied von Weihnachtsfreude und dem ewigen Leben:

„Nun freut euch, Christen! Wir werfen den Anker.
Die Freude ist groß! Halleluja! Halleluja!“

Das war das Kirchenlied. Jeder auf dem Schiff fühlte sich durch das Lied und Gebet erhoben.
So wie der alte Baum. Er hatte seine schönste Traumweihnacht.

Weihnachtsbaum und Hochzeit

von Fjodor Dostojevsky

Neulich sah ich eine Hochzeit. Aber nein! Ich erzähle lieber von einer Weihnachtsbaumfeier. Die Hochzeit war schön und gefiel mir sehr. Aber das andere Ereignis war besser. Ich weiß nicht warum. Aber ich dachte bei der Hochzeit nur an den Weihnachtsbaum.

Das war geschehen. Vor fünf Jahren war ich an Silvester zu einem Kinderfest eingeladen. Der Gastgeber war ein Geschäftsmann. Er war bekannt und hatte viele Freunde und viele Ideen. Die Feier brachte Eltern zusammen. Die konnten sich kennen lernen und über interessante Dinge sprechen. Das gehörte zu seinem Plan.

Ich war ein Außenseiter. Ich hatte nichts Interessantes zu sagen. Ich war den Abend allein.
Da war noch ein anderer Mann. Er hatte keinen besonderen Rang. Er war wie ich einfach nur da.
Er fiel mir als erstes auf. Er war groß und schlank, sehr ernst und anständig gekleidet.
Er wirkte nicht fröhlich. Aber er gab sich lustig und glücklich. Er versteckte sich oft in einer Ecke.
Dann hörte er auf zu lächeln und frisierte seine schwarzen und buschigen Augenbrauen.
Er kannte nur den Gastgeber. Er langweilte sich sehr.

Der Mann kam aus der Provinz. Das erfuhr ich später.
Er hatte in Petersburg ein schwieriges Geschäft zu erledigen. Er brachte unserem Gastgeber einen Brief.
Unser Gastgeber lud den Mann aus Höflichkeit zum Fest seiner Kinder ein.
Der Mann spielte keine Karten. Niemand bot ihm Zigarren an. Keiner wollte mit ihm sprechen.
Er war nicht willkommen. Das spürte er. Er war verlegen.
So saß der Mann den ganzen Abend da und streichelte seinen Bart. Seine Schnurrhaare waren schön.
Er streichelte sie sehr oft. Als wären die Barthaare nur zum Streicheln da.

Es gab noch einen anderen Mann auf der Feier. Dieser Mann war anders.
Er war wichtig. Er hieß Julian Mastakovitch. Er war ein Ehrengast.
Das sah man sofort. Er stand unserem Gastgeber viel näher wie der andere Mann.
Unser Gastgeber und unsere Gastgeberin sagten viele nette Dinge zu ihm.
Sie bedienten ihn sehr gut. Sie drängten ihn zum Trinken. Sie schmeichelten ihm.
Sie brachten bestimmte Besucher zu ihm; den Anderen stellten sie ihn nicht vor.
Unser Gastgeber hatte Tränen in den Augen. Er sagte, dass er selten einen so schönen Abend hatte.
Ich bewunderte noch die Kinder. Dann ging ich in ein leeres Zimmer.
Ich setzte mich dort in eine große Gartenlaube.

Die Kinder waren sehr lieb. Aber sie wollten sich nach ihren Erzieherinnen und Mamas
und „den Großen" richten. Sie nahmen alle Süßigkeiten vom Weihnachtsbaum.
Sie machten viele Spielsachen kaputt. Gespielt hatten sie damit gar nicht.
Ein Junge mit schwarzen Locken schoss mit einem Holzgewehr auf mich.
Seine Schwester beeindruckte mich mehr. Sie war elf Jahre alt. Sie war ruhig und verträumt.
Sie hatte große Augen und war sehr hübsch. Die anderen Kinder verletzten sie irgendwie.
‚Sie ging in das leere Zimmer, wo ich saß. Sie spielte dort mit ihrer Puppe.

Die Besucher zeigten auf ihren Vater. Er war ein reicher Bauunternehmer.
Jemand flüsterte, dass 300.000 Rubel für ihre Mitgift gespart wurden;
eine Mitgift ist das Geld einer Braut. Mit einer hohen Mitgift kann das Ehepaar ein gutes Leben führen.
Ich drehte mich um und sah die Gruppe an. Mein Blick fiel auf Julian Mastakovitch.
Er hörte den Herren aufmerksam zu. Danach bewunderte ich die Gastgeber.
Sie verteilten die Geschenke an die Kinder. Das Mädchen mit den 300.000 Rubeln Mitgift
bekam die teuerste Puppe. Andere Geschenke wurden je nach Rang der Eltern weniger wertvoll.
Ein kleiner Junge bekam nur ein schäbiges Buch ohne Bilder. Er konnte damit nichts anfangen.
Der Junge war traurig und ängstlich. Er trug eine einfache Jacke.

Er war der Sohn einer armen Witwe. Sie war die Erzieherin der anderen Kinder des Hauses.

Er bekam sein Buch, dann ging er um die Spielsachen herum.
Er wollte mit den anderen Kindern spielen. Er traute sich aber nicht. Er war anders. Das wusste er.
Ich liebe es, Kinder zu beobachten. Ihre ersten Schritte im Leben sind interessant.
Der rothaarige Junge war fasziniert von den teuren Spielsachen. Besonders das Theater gefiel ihm.
Er wollte unbedingt mitspielen.

Er entschloss sich, seinen Stolz aufzugeben. Er lächelte und spielte mit den anderen Kindern.
Er verschenkte seinen Apfel an einen dicken Jungen. Der Junge hatte schon viele Leckereien.
Er trug sogar einen anderen Jungen auf dem Rücken. Er wollte nur nicht vom Theater weggeschickt werden. Aber ein frecher Junge schlug ihn hart. Das Kind schrie nicht.
Da kam die Erzieherin, seine Mutter. Sie sagte ihm, er solle nicht stören.
Der Junge ging in das Zimmer mit dem kleinen Mädchen. Sie ließ ihn zu sich kommen.
Die beiden zogen die teure Puppe an.

Ich saß über eine halbe Stunde in der Efeu-Laube. Ich hörte dem rothaarigen Jungen und dem Mädchen zu. Das Mädchen kümmerte sich um ihre Puppe.
Plötzlich kam Julian Mastakovitch ins Zimmer. Er nutzte die Aufregung nach einem Streit der Kinder.
Er war kurz zuvor im Salon. Dort sprach er mit dem Papa der Erbin.
Sie sprachen über die Macht von Ämtern. Jetzt stand er unschlüssig da.
Er murmelte Zahlen vor sich hin. „300“. 300“, flüsterte er. „11., 12 ., 13“, und so weiter.
„5 und 16 Jahre! Nehmen wir 4 Prozent an. 5 mal zwölf ist 60. In fünf Jahren sind es 400.
Aber er wird mehr als 4 Prozent bekommen. Vielleicht 8 oder 10 Prozent.
Sagen wir 500.000 mindestens.“ Er zögerte nicht mehr. Er schnäuzte sich und wollte gehen.
Dann sah er das kleine Mädchen und blieb stehen. Er sah mich nicht hinter den Pflanzen.
Er schien sehr aufgeregt zu sein.

Seine Berechnungen machten ihn nervös. Er rieb sich die Hände. Er konnte kaum stillstehen.
Seine Aufregung wurde stärker. Er blieb stehen und schaute das Mädchen an. Er wollte weitergehen.
Er schaute sich aber erst um. Dann ging er leise auf die Kinder zu. Er lächelte und beugte sich hinunter.
Er küsste das Mädchen auf den Kopf. Das Mädchen schrie erschrocken.

„Was machst du hier, liebes Kind?“, flüsterte er. Er streichelte die Wange des Mädchens.

„Wir spielen.“

„Ah! Mit ihm?“ Julian Mastakovitch schaute den Jungen an.
„Geh besser in den Salon, mein Lieber“, sagte er zum Jungen.

Der Junge sah ihn an und sagte nichts. Julian Mastakovitch schaute sich um.
Er beugte sich wieder zum Mädchen hinunter.

„Was hast du da - eine Puppe, liebes Kind?“, fragte er.

„Ja, eine Puppe“, antwortete das Mädchen schüchtern.

„Eine Puppe. Weißt du, woraus deine Puppe gemacht ist?“

„Ich weiß es nicht“, flüsterte das Mädchen und ließ den Kopf hängen.

„Sie ist aus Stoff gemacht, mein Schatz. Und du, geh' besser in den Salon zu deinen Freunden, Junge“, sagte Julian Mastakovitch streng.

Der Junge und das Mädchen hielten sich fest. Sie wollten nicht getrennt werden.

„Warum haben sie dir diese Puppe gegeben?“, fragte Julian Mastakovitch leise.

„Ich weiß es nicht.“

„Weil du die ganze Woche lieb warst.“

Julian Mastakovitch fragte dann sehr leise: „Wirst du mich lieben, wenn ich deine Eltern besuche?“

Er versuchte, das Mädchen zu küssen. Der Junge sah, dass das Mädchen fast weinte.
Er hielt ihre Hand und begann zu wimmern. Julian Mastakovitch wurde wütend.

„Geh weg!“, sagte er zum Jungen. „Geh zu deinen Freunden!“

„Nein, er muss nicht gehen!“, sagte das Mädchen. „Lasst ihn in Ruhe!“, sagte sie fast weinend.

Jemand machte ein Geräusch an der Tür. Julian Mastakovitch stand auf und war alarmiert.
Der Junge war sehr erschrocken. Er ließ das Mädchen los und schlich sich aus dem Zimmer.

Julian Mastakovitch ging ins Esszimmer. Er war rot im Gesicht.
Er schaute in den Spiegel und schämte sich. Vielleicht ärgerte er sich über sein Verhalten.
Er hatte sich wie ein Junge benommen. Er wollte dem Mädchen nahe sein, obwohl sie noch zu jung war.
Ich folgte ihm ins Esszimmer. Dort sah ich etwas Seltsames. Julian Mastakovitch schrie
den rothaarigen Jungen an. Der Junge hatte Angst und wusste nicht, wohin er laufen sollte.

„Geh weg! Was machst du hier? Willst du die Früchte stehlen? Hau' ab, du böser Junge!
Geh zu deinen Freunden!“

Der Junge kroch unter den Tisch. Julian Mastakovitch holte ein großes Taschentuch heraus.
Er schnippte damit nach dem Jungen unter dem Tisch. Er wollte ihm wehtun. Der Junge blieb ruhig.

Julian Mastakovitch war aber etwas dick. Er war ein schlanker Mann mit rotem Gesicht. Er war aber kräftig gebaut und hatte dicke Beine. Er schwitzte und war atemlos. Sein Gesicht war rot vor Wut. Vielleicht war er auch eifersüchtig. Ich lachte laut. Julian Mastakovitch drehte sich um. Er war verwirrt. Unser Gastgeber kam herein. Der Junge kroch unter dem Tisch hervor. Er wischte sich die Ellbogen und Knie ab. Julian Mastakovitch hielt sein Taschentuch vor seine Nase. Unser Gastgeber schaute uns verwirrt an. Er nutzte die Gelegenheit, mit dem Besucher zu sprechen. „Hier ist der Junge", sagte er und zeigte auf den rothaarigen Jungen. „Ich habe um Ihren Einfluss für ihn gebeten."

„Ah!", sagte Julian Mastakovitch, der sich kaum erholt hatte.

„Er ist der Sohn der Erzieherin meiner Kinder", sagte unser Gastgeber. „Eine arme Frau, die Witwe eines Beamten. Deshalb, Julian Mastakovitch, wenn es möglich wäre..."

„Oh, nein, nein!" Julian Mastakovitch antwortete schnell: „Nein, Filip Alexjevitch, das geht nicht. Es gibt keine freie Stelle. Und zwanzig andere haben mehr Anspruch darauf. Es tut mir leid."

„Wie schade", sagte unser Gastgeber. „Er ist ein ruhiger Junge."

„Ein großer Schlingel", sagte Julian Mastakovitch und zuckte mit den Lippen. „Geh weg, Junge. Geh zu deinen Freunden", sagte er zum Kind.

Er schaute mich kurz an. Ich lachte ihm ins Gesicht. Julian Mastakovitch drehte sich weg und fragte leise, wer ich sei. Sie flüsterten und verließen den Raum. Ich sah, wie Julian Mastakovitch den Kopf schüttelte und unser Gastgeber sprach.

Ich lachte und ging zurück in den Salon. Dort sprach der große Mann mit Familienvätern und den Müttern. Der Gastgeber und die Gastgeberin waren auch da. Er sprach freundlich mit einer Dame. Die Dame hielt das kleine Mädchen an der Hand.

Er lobte das Kind sehr für die Schönheit, die Talente, die Anmut und das gute Benehmen des reizenden Kindes. Er versöhnte sich mit der Mutter. Die Mutter freute sich sehr. Der Vater lächelte. Unser Gastgeber war zufrieden. Alle Gäste waren freundlich. Alle waren ehrfürchtig. Die Kinder sollten sogar aufhören zu spielen. Die Mutter bat Julian Mastakovitch um seine Freundschaft. Er nahm die Einladung gerne an. Danach gingen die Gäste höflich. Sie lobten den Bauunternehmer, seine Familie und Julian Mastakovitch.

„Ist dieser Herr verheiratet?" fragte ich leise meinen Bekannten. Julian Mastakovitch sah mich nochmal böse an.

„Nein!", antwortete mein Bekannter verärgert.

* * * * *

Ich ging neulich an einer bestimmten Kirche vorbei. Viele Menschen waren in Kutschen da.
Die Leute sprachen über eine Hochzeit. Es war bewölkt und es begann zu regnen.
Ich ging durch die Menge und sah den Bräutigam. Er war ein dicker Mann und gut gekleidet.
Er lief hektisch umher und gab Befehle. Dann kam die Nachricht: Die Braut kommt.
Ich drängte mich weiter durch die Menge. Die Braut war sehr schön, aber blass und traurig.
Sie sah besorgt aus und hatte rote Augen vom Weinen. Ihr Gesicht wirkte streng und ernst.
Trotzdem sah man ihre kindliche Unschuld. Die Leute sagten, sie sei sechzehn Jahre alt.
Ich erkannte den Bräutigam. Es war Julian Mastakovitch. Ich hatte ihn fünf Jahre nicht gesehen.
Mein Gott! Ich sah die Braut an und wollte schnell aus der Kirche hinaus.
Ich hörte die Leute flüstern: Die Braut ist eine Erbin. Sie hatte eine Mitgift von 500.000.
Ihre Ausstattung für den Haushalt war nochmal so viel wert. Ich ging auf die Straße.

Ich dachte: „Das war ein gutes Geschäft!“

Eine Geschichte des Christkindes

Eine deutsche Legende für den Heiligen Abend, erzählt von Elizabeth Harrison

Es war einmal, vor langer Zeit, in der Nacht vor Weihnachten.
Ein kleines Kind lief allein durch die Straßen einer großen Stadt.

Auf der Straße waren viele Menschen. Es waren Väter, Mütter, Schwestern und Brüder.
Auch Onkel, Tanten, Großväter und Großmütter. Alle trugen Geschenkpakete nach Hause.
Prächtige Kutschen fuhren vorbei. Eilwagen ratterten umher. Sogar alte Fuhrwerke waren unterwegs.
Alle freuten sich auf den Weihnachtsmorgen. Aus einigen Fenstern strahlten helle Lichter.
Es war fast so hell wie am Tag.

Ein kleines Kind hatte kein Zuhause. Es lief traurig von Straße zu Straße.
Niemand beachtete es. Nur Väterchen Frost biss in seine nackten Zehen.
Seine Fingerspitzen kribbelten vor Kälte. Der Nordwind blies ihm entgegen.
Seine zerlumpten Kleider hielten nicht warm. Das Kind zitterte vor Kälte.

Es ging von Haus zu Haus. Es schaute durch die Fenster. Drinnen waren fröhliche Kinder.
Sie schmückten Weihnachtsbäume für den nächsten Tag.

„Sicherlich gibt es auch für mich etwas Freude“, dachte das Kind. Es ging zu einem großen Haus.
Durch die Fenster sah es einen großen Weihnachtsbaum. Der Baum war beleuchtet.
Viele Geschenke hingen daran. Die grünen Zweige waren mit Gold- und Silberschmuck verziert.

Langsam stieg es die Treppe hinauf. Er klopfte vorsichtig an die Tür. Ein großer Diener öffnete die Tür.
Der Diener hatte ein freundliches Gesicht. Seine Stimme war tief und rau.
Der Diener sah das Kind an. Dann schüttelte er den Kopf. „Geh‘ die Treppe hinunter,“ sagte er.
„Hier ist kein Platz für dich.“ Der Diener sah traurig aus.
Vielleicht dachte er an seine eigenen Kinder. Sie waren nicht draußen. Darüber war er froh.
Durch die Tür schien helles Licht. Warme Luft kam aus dem Raum.
Sie roch nach Weihnachtstanne. Das Kind ging zurück in die Kälte.
Es wunderte sich, warum der Diener so sprach. Es dachte, die Kinder freuen sich über einen Freund.
Die Kinder im Haus wussten nichts von ihm. Die Straße wurde kälter und dunkler.
Das Kind ging weiter und war traurig. Es fragte sich: „Will niemand das Weihnachtsfest mit mir teilen?“
Es ging weiter die Straße hinunter. Die Häuser wurden kleiner und einfacher.
In vielen Häusern waren Kinder. Sie tanzten und spielten.

In fast jedem Fenster standen Weihnachtsbäume. An den Bäumen hingen Puppen, Trompeten,
Bilderbücher, Kugeln und Kreisel. In einem Fenster sah das Kind ein kleines Lamm aus weißer Wolle.
Das Lamm hatte eine rote Schleife um den Hals. Es war für ein Kind an den Baum gehängt worden.
Der kleine Fremde blieb vor dem Fenster stehen. Er betrachtete die schönen Dinge lange und ernsthaft.
Er mochte das weiße Lämmchen besonders. Schließlich ging er zur Fensterscheibe
und klopfte vorsichtig. Ein kleines Mädchen kam ans Fenster. Sie schaute auf die dunkle Straße.
Es fiel Schnee. Sie sah das Kind und schüttelte den Kopf. Sie sagte:
„Geh‘ weg und komm ein anderes Mal. Wir sind zu beschäftigt.“
Das Kind wandte sich wieder den dunklen, kalten Straßen zu.
Der Wind wehte an ihm vorbei und schien zu sagen: „Beeil dich, beeil dich, wir haben keine Zeit.“
Es war Heiligabend und alle hatten es eilig. Immer wieder klopfte das Kind leise an Türen oder Fenster.
Überall wurde ihm der Zutritt verweigert. Eine Mutter hatte Angst, es könnte krank sein.
Ein Vater sagte, er habe nur genug für seine eigenen Kinder.
Ein Mann sagte ihm, es solle nach Hause gehen. Er soll keine Leute stören.

Die Stunden vergingen. Die Nacht wurde länger. Der Wind wurde kälter.
Die Straße wurde dunkler. Das Kind wanderte weiter. Kaum jemand war noch auf der Straße.

Die wenigen Leute sahen das Kind nicht. Plötzlich erschien ein heller Lichtstrahl.
Das Licht leuchtete in die Augen des Kindes. Es lächelte und sagte: „Ich gehe zu dem Licht.
Vielleicht teilen sie Weihnachten mit mir.“ Es eilte an den Häusern vorbei.
Es erreichte das Ende der Straße. Es ging auf das Fenster mit dem Licht zu.
Das Haus war klein und arm. Das Licht rief das Kind herein. Das Licht kam von einer Kerze
in einer alten Tasse. Die Tasse hatte einen zerbrochenen Henkel. Das Fenster hatte keinen Vorhang.
Das Kind schaute hinein. Es sah einen kleinen Weihnachtsbaumzweig auf einem Tisch.
Das Zimmer war einfach, aber sauber. Eine Mutter saß am Kamin.
Sie hatte ein kleines Kind auf dem Schoß. Ein älteres Kind saß neben ihr.

Die beiden Kinder schauten ihre Mutter an. Sie hörten einer Geschichte zu.
Es war wohl eine Weihnachtsgeschichte. Im Kamin brannten helle Kohlen.
Alles war hell und warm.

Der kleine Wanderer kam näher ans Fenster. Die Mutter sah lieblich aus. Die Kinder wirkten liebevoll.
Der Wanderer klopfte leise an die Tür. Die Mutter hörte auf zu sprechen. Die Kinder schauten auf.

„Was war das, Mutter?“, fragte das kleine Mädchen. „

Ich glaube, jemand hat an die Tür geklopft“, sagte die Mutter. „Lauf schnell und öffne die Tür.
Es ist eine kalte Nacht.“

„Ich glaube, es war ein Ast“, sagte das Mädchen. „Bitte erzähl‘ weiter.“

Wieder klopfte das Kind an die Tür. „Mein Kind, das war sicher ein Klopfen“, rief die Mutter.
„Lauf‘ schnell und öffne die Tür. Niemand soll in der Kälte stehen.“

Das Mädchen rannte zur Tür und öffnete sie weit. Die Mutter sah den Fremden draußen stehen.
Er war kalt und zitterte. Er hatte keinen Hut und fast keine Schuhe.
Die Mutter zog ihn ins warme Zimmer.

„Du armes Kind“, sagte sie. Sie drückte das Kind fest an sich. „Er ist sehr kalt“, rief sie.
„Wir müssen es wärmen.“

Das kleine Mädchen sagte: „Wir müssen ihm auch etwas von unserem Weihnachtsfest geben.“

„Ja“, sagte die Mutter. „Aber zuerst müssen wir es wärmen.“

Die Mutter setzte sich mit dem Kind ans Feuer. Ihre Kinder wärmten seine kalten Hände.
Die Mutter strich seine Haare glatt. Sie küsste sein Gesicht. Sie nahm alle Kinder in die Arme.
Die Kerze und das Feuer leuchteten über ihnen. Es war einen Moment lang still im Zimmer.

Das kleine Mädchen fragte leise: „Dürfen wir den Weihnachtsbaum anzünden?“

„Ja“, sagte die Mutter. Sie setzte das Kind auf einen Schemel. Dann holte sie den Schmuck für den Baum. Bald waren sie beschäftigt. Sie bemerkten nicht, dass der Raum hell wurde. Sie drehten sich um und schauten auf das kleine Kind.

Seine zerrissene Kleidung wurde zu einem weißen, schönen Gewand. Seine wirren Locken sahen aus wie ein goldener Lichtkranz. Sein Gesicht strahlte so hell, dass sie es kaum ansehen konnten.

Sie schauten das Kind still an. Ihr kleines Zimmer wurde immer größer. Es wurde so groß wie die ganze Welt. Das Dach ihres Hauses wurde höher und reichte bis in den Himmel.

Das Kind lächelte sanft. Dann schwebte es langsam in die Luft. Es flog über die Bäume und die Kirchturmspitze. Es flog höher als die Wolken. Es sah aus wie ein leuchtender Stern am Himmel. Schließlich verschwand es.

Die Kinder schauten ihre Mutter an und flüsterten: „War das das Christkind?“

Die Mutter antwortete leise: „Ja.“

Man sagt, das Christkind wandert an jedem Weihnachtsabend durch Städte und Dörfer. Wer es aufnimmt, sieht diese wunderbare Vision.

Das Geschenk der Weisen

von O. Henry

Ein Dollar und 87 Cents. Das war alles Geld. Jemand hatte sie mühsam gespart.
Er kaufte wenig beim Krämer, Gemüsehändler und Metzger. Das war mühsam und peinlich.
Dreimal zählte Della das Geld. Ein Dollar und 87 Cents. Mehr war es nicht.
Und morgen war Weihnachten.

Della legte sich auf die alte Couch und weinte. Das Leben besteht besonders aus Weinen, Schniefen und Lächeln. Meistens schniefen wir. Della sah sich beim Weinen die Wohnung an.
Die Wohnung kostet acht Dollar pro Woche. Sie war einfach und billig.

Unten gab es einen Briefkasten. Man konnte keinen Brief einwerfen. Es gab auch einen Klingelknopf. Er war kaputt. Kein lebender Finger konnte ihm ein „Ring!“ entlocken. Auf dem Klingelschild stand der Name „Mr. James Dillingham Young“. Früher verdiente er 30 Dollar pro Woche. Jetzt verdient er nur noch 20 Dollar. Früher nannte er sich „Dillingham“. Jetzt dachte er über ein einfaches „D“ an der Klingel nach. Denn er schämte sich. Wenn er nach Hause kam, nannte ihn Della „Jim“. Sie umarmte ihn immer herzlich. Das ist alles sehr gut.

Della hörte auf zu weinen und puderte ihre Wangen. Sie stand am Fenster. Sie sah eine graue Katze. Die Katze lief über einen grauen Zaun. Der Zaun stand in einem grauen Hinterhof. Morgen war Weihnachten. Sie hatte nur 1,87 Dollar. Sie wollte Jim ein Geschenk kaufen. Sie hatte lange gespart. Sie verdiente zwanzig Dollar pro Woche. Das Geld reichte nicht. Die Ausgaben waren hoch. Das Ergebnis waren nur diese 1,87 Dollar für Jims Geschenk. Aber sie liebte Jim sehr. Viele glückliche Stunden hatte sie mit der Planung für ein schönes Geschenk verbracht. Etwas Feines und Seltenes und Edles, etwas besonders Schönes wollte sie ihm schenken.

Zwischen den Fenstern war ein Glaspfeiler. Das Glas befand sich in einer 8-Dollar-Wohnung. Della war schlank. Sie konnte ihr Spiegelbild im Glas sehen. Plötzlich drehte sie sich vom Fenster weg. Sie stand vor der Scheibe. Ihre Augen leuchteten. Ihr Gesicht wurde blass. Sie ließ ihr Haar herunter.

Die Dillingham Youngs hatten zwei wertvolle Dinge. Auf beide waren sie sehr stolz. Das eine war Jims goldene Taschenuhr. Die Uhr gehörte schon Jims Vater und Großvater. Das andere Geschenk war Dellas Haar. Es war sehr schön und lang.

Im Vergleich zu Dellas Haar waren die Juwelen und Geschenke der Königin von Saba nichts wert. Und wenn König Salomon alle seine Schätze hier im Keller hätte: Jim muss nur seine Taschenuhr zücken, und der König wäre sehr neidisch.

Jetzt fiel Dellas wunderschönes Haar wie ein brauner, glänzender Wasserfall herunter. Es fiel bis unter die Knie. Es war wie ein Kleidungsstück. Della drehte ihr Haar wieder ein. Sie schwankte für eine Minute und blieb stehen. Eine oder zwei Tränen kullerten auf den abgenutzten roten Teppich. Dann zog sie ihre alte braune Jacke an. Sie setzte ihren alten braunen Hut auf und ging schnell zur Tür hinaus. Ihr Rock wirbelte. Ihre Augen funkelten leuchtend. Sie flatterte zur Tür hinaus und lief die Treppe hinunter zur Straße.

Della lief bis zu einem Schild. Auf dem Schild stand: Mme. Sofronie. Haarwaren aller Art. Della rannte eine Treppe hinauf. Sie war außer Atem.

Madame Sofronie war groß und kühl. „Wollen Sie mein Haar kaufen?“, fragte Della.

„Ich kaufe Haare“, sagte Madame. „Nehmen Sie den Hut ab und lassen Sie mich Ihr Haar sehen.“

Dellas brauner Wasserfall kräuselte sich herab. „Zwanzig Dollar“, sagte Madame und hob das Haar an. „Geben Sie schnell her“, sagte Della.

Die nächsten zwei Stunden vergingen wie auf rosa Flügeln. Sie suchte ein Geschenk für Jim. Endlich fand sie es. Es war wie für ihn gemacht. Kein anderes Geschenk war so gut. Sie hatte alle Läden durchsucht. Es war eine einfache Platin-Kette. Die Kette war von Wert und schlicht, ohne viel Verzierungen. Ruhig und kostbar: so wie Jim. Die Uhr kostete 21 Dollar. Della hatte danach noch 87 Cents übrig. Mit der Kette konnte Jim seine Uhr vorzeigen. Er hatte bisher nur ein altes Lederband.

Zuhause wurde Della ruhiger. Sie holte ihre Lockenstäbe heraus. Sie zündete das Gas an. Dann machte sie sich die Haare zurecht. Das war viel Arbeit. Nach vierzig Minuten hatte sie niedliche, eng anliegende Locken. Sie sah hübsch aus, wie eine Schulschwänzerin. Sie schaute lange in den Spiegel. „Wenn Jim mich nicht umbringt“, sagte sie, „wird er sagen, ich sehe aus wie ein Chormädchen aus Coney Island. Aber was kann ich mit einem Dollar und 87 Cent tun?“

Um sieben Uhr war der Kaffee fertig. Die Pfanne war heiß und bereit für die Steaks. Jim kam nie zu spät. Della nahm die Kette mit dem Schlüsselanhänger. Sie setzte sich auf den Tisch neben der Tür. Dann hörte sie seine Schritte auf der Treppe. Sie wurde für einen Moment blass. Sie flüsterte: „Bitte, Gott, lass‘ ihn denken, dass ich noch hübsch bin.“ Die Tür öffnete sich, Jim trat ein und schloss die Tür. Er sah dünn und ernst aus. Armer Kerl, er war erst 22 Jahre alt und hatte schon die Last einer Familie zu tragen! Er brauchte einen neuen Mantel und hatte keine Handschuhe.

Jim blieb an der Tür stehen. Er war starr wie ein Jagdhund beim Geruch einer Wachtel. Seine Augen waren auf Della gerichtet. Bei seinem Blick bekam sie Angst.

Es war keine Wut. Es war keine Überraschung. Es war kein Ärger. Es war kein Entsetzen. Auf solche Gefühle war sie vorbereitet. Er starrte sie nur an. Sein Gesichtsausdruck war merkwürdig.

Della stand auf und ging zu ihm. „Jim, Liebling“, rief sie, „sieh‘ mich nicht so an. Ich habe meine Haare abgeschnitten und verkauft. Ich wollte dir ein Weihnachtsgeschenk machen. Die Haare wachsen wieder nach. Es macht dir doch nichts aus, oder? Ich musste es tun. Meine Haare wachsen schnell. Sag ‚Frohe Weihnachten‘, Jim. Lass uns glücklich sein. Du weißt nicht, was für ein schönes Geschenk ich für dich habe.“

„Du hast dir die Haare abgeschnitten?“, fragte Jim mühsam. Er hatte es noch nicht richtig verstanden.

„Ja, ich habe sie abgeschnitten und verkauft“, sagte Della. „Magst du mich trotzdem?

Ich bin immer noch die gleiche, auch ohne Haare, oder?“

Jim sah sich im Zimmer um. „Du sagst, dein Haar ist weg?“, fragte er verwirrt.

„Du brauchst es nicht zu suchen“, sagte Della. „Es ist verkauft und weg. Es ist Heiligabend. Sei gut zu mir. Ich habe es für dich getan. Vielleicht waren meine Haare abgezählt“, sagte sie plötzlich sehr ernst und süß, „aber niemand kann meine Liebe zu dir zählen. Soll ich die Steaks aufsetzen, Jim?“ Jim kam endlich aus seinem Taumel heraus. Er umarmte seine Della.

An diesem Punkt müssen wir mal für zehn Sekunden woanders hinschauen
… acht Dollar pro Woche oder eine Million im Jahr - was ist der Unterschied?
Ein Mathematiker oder ein Witzbold hätten verschiedene Antworten.
Die drei Weisen aus dem Morgenland brachten wertvolle Geschenke.
Aber so etwas war nicht dabei. Das erklären wir später.

Jim holte ein Päckchen aus seiner Tasche. Er legte es auf den Tisch.
„Mach‘ dir keine Sorgen, Dell“, sagte er. „Egal welcher Haarschnitt oder Parfüm oder Rasur.
Ich liebe mein Mädchen nicht weniger. Öffne das Paket.
Dann verstehst du vielleicht meine Überraschung.“

Weiße und flinke Finger rissen an der Schnur und dem Papier. Della schrie vor Freude.
Dann weinte sie plötzlich. Jim musste sie trösten.

Im Paket waren die Kämme. Diese Kämme hatte Della lange in einem Schaufenster am Broadway angebetet. Die Kämme waren wunderschön. Sie waren aus Schildpatt und hatten juwelenbesetzte Ränder. Sie passten perfekt zu Dellas Haar. Ihr Herz hatte sich so sehr nach ihnen gesehnt.
Sie wusste, die Kämme, waren teuer. Sie hatte nie die Hoffnung, sie zu besitzen.
Jetzt gehörten sie ihr. Aber das Haar für diesen begehrten Schmuck waren jetzt fort.

Sie drückte die Kämme an ihr Herz. Sie lächelte und sagte: „Mein Haar wächst schnell nach, Jim!“
Dann sprang Della auf wie eine angesengte Katze und rief: „Oh, oh!“
Jim hatte ja sein Geschenk noch nicht gesehen. Sie streckte es ihm auf ihrer Handfläche entgegen.
Das Metall glänzte. „Ist es nicht schön, Jim? Ich habe lange danach gesucht.
Du wirst oft auf die Uhr schauen. Gib mir deine Uhr. Ich will sehen, wie sie aussieht.“

Jim setzte sich auf die Couch.

Er lächelte und sagte: „Dell, lass‘ uns die Geschenke erst einmal wieder wegpacken.
Sie sind zu schön für jetzt. Ich habe die Uhr verkauft und für das Geld deine Kämme gekauft.
Jetzt zieh‘ deine Kämme an.“

Ihr wisst ja: Die Weisen aus dem Morgenland waren wunderbare kluge Männer.
Sie brachten dem Kind in der Krippe Geschenke. Sie erfanden zu Weihnachten
die Kunst des Schenkens. Ihre Geschenke waren weise. Sie konnten die Geschenke auch tauschen.
Hier habe ich euch das Gleiche mit zwei liebesverrückten Kindern erzählt.
Sie lebten in einer Wohnung. Sie opferten dummerweise beide ihre größten Schätze.
Und sie wussten es gar nicht. Daher ein letztes Wort an die Weisen dieser Tage:
Von allen, die Geschenke machen, waren diese beiden Kinder die weisesten Schenker.
Sie sind die Weisen aus dem Morgenland von heute.

Die Elfen und der Schuhmacher

von den Gebrüdern Grimm

Es war einmal ein Schuhmacher. Er war sehr arm. Er hatte nur noch Leder für ein Paar Schuhe.
Am Abend schnitt er das Leder zu. Er wollte am nächsten Morgen beginnen.
Er legte sich schlafen. Er hatte ein gutes Gewissen. Er sprach sein Gebet und schlief ein.

Am Morgen betete er wieder. Dann wollte er arbeiten. Er fand die Schuhe fertig auf dem Tisch.
Er war erstaunt. Er verstand es nicht. Er nahm die Schuhe in die Hand.
Sie waren perfekt genäht. Keine Naht fehlte. Die Schuhe waren wie von einem Meister gemacht.

Ein Käufer kam herein. Die Schuhe gefielen ihm sehr. Er zahlte mehr als den üblichen Preis.
Der Schuhmacher kaufte davon Leder für zwei Paar Schuhe. Am Abend schnitt er das Leder aus.
Am nächsten Morgen waren die Schuhe fertig. Viele Käufer kamen. Sie gaben ihm viel Geld.
Er kaufte Leder für vier Paar Schuhe. Am nächsten Morgen waren die vier Paare fertig.
Das ging so weiter. Bald lebte er wieder gut und wurde wohlhabend.

Eines Abends, kurz vor Weihnachten, schnitt er wieder Schuhe aus. Er sagte zu seiner Frau:
„Wollen wir sehen, wer uns hilft?“ Die Frau stimmte zu. Sie zündete eine Kerze an.
Sie versteckten sich hinter den Kleidern im Zimmer.

Um Mitternacht kamen zwei kleine nackte Männer. Sie setzten sich an den Tisch des Schuhmachers.
Sie nahmen die ausgeschnittene Arbeit. Sie nähten und hämmerten schnell und ordentlich.
Der Schuhmacher traute seinen Augen nicht. Die Männer hörten nicht auf, bis alles fertig war.
Dann liefen sie schnell davon.

Am nächsten Tag sagte die Frau: „Die kleinen Männer haben uns reich gemacht.
Wir sollten ihnen danken. Sie haben keine Kleidung und frieren. Ich werde ihnen Hemden,
Mäntel, Westen und Strümpfe machen. Ich werde ihnen auch ein Paar Strümpfe stricken.
Du sollst ihnen Schuhe machen.“

Der Ehemann stimmte zu. Am Abend legten sie die Geschenke auf den Tisch.
Dann versteckten sie sich, um die kleinen Männer zu beobachten.

Um Mitternacht kamen die kleinen Männer herein. Sie wollten arbeiten.
Statt Leder fanden sie die schönen Kleider. Zuerst waren sie überrascht. Dann waren sie sehr glücklich.
Schnell zogen sie die Kleider an und glätteten sie. Sie sangen: „Jetzt sind wir fein und ordentlich.
Warum noch Schuhe für andere machen?“

Dann tanzten sie herum und sprangen über Stühle und Tische. Schließlich gingen sie zur Tür hinaus.
Sie kamen nicht mehr zurück. Dem Schuhmacher ging es gut, solange er lebte, und hatte Glück bei allem, was er tat.

Die heilige Nacht

von Selma Lagerlöf

Im Alter von fünf Jahren hatte ich großen Kummer. Vielleicht war ich nie wieder so traurig. Meine Großmutter war gestorben. Bis dahin saß sie jeden Tag auf dem Ecksofa in ihrer Stube und erzählte Märchen.

Großmutter erzählte immer. Das weiß ich noch. Sie erzählte vom Morgen bis zum Abend. Wir Kinder saßen still neben ihr und hörten ihr zu. Das war ein schönes Leben. Kein Kind hatte es so gut wie wir.

Ich erinnere mich nicht an viel von meiner Großmutter. Ich weiß, dass sie weißes Haar hatte. Sie ging sehr gebückt. Sie saß oft und strickte an einem Strumpf.

Beim Märchenerzählen legte sie oft ihre Hand auf meinen Kopf. Dann sagte sie: „Das ist so wahr, wie ich dich sehe und du mich siehst.“

Sie konnte schöne Lieder singen. Aber sie sang nicht jeden Tag. Ein Lied handelte von einem Ritter und einer Meerjungfrau. Der Refrain war: „Es weht so kalt, es weht so kalt, wohl über die weite See.“

Sie lehrte mich auch ein kleines Gebet und einen Vers aus den Psalmen.

Von den Geschichten erinnere ich mich nur an eine gut. Es ist eine kleine Geschichte von Jesu Geburt.

Das ist fast alles, was ich noch von meiner Großmutter weiß. Am besten erinnere ich mich an den großen Schmerz, als sie starb. Ich erinnere mich an den Morgen. Das Ecksofa war leer. Ich wusste nicht, wie der Tag enden soll. Daran erinnere ich mich. Das vergesse ich nie.

Wir Kinder sollten die Hand der Toten küssen. Wir hatten Angst. Jemand sagte, wir können Großmutter danken. Sie hatte uns viel Freude gebracht.

Die Märchen und Lieder verschwanden in einem langen schwarzen Sarg gepackt. Sie kamen nie zurück.

Etwas war aus unserem Leben verschwunden. Es hatte sich eine Tür geschlossen. Diese Tür führte zu einer schönen, verzauberten Welt. Vorher konnten wir durch diese Tür ein- und ausgehen. Jetzt konnte niemand diese Tür wieder öffnen.

Wir Kinder lernten, mit Spielzeug zu spielen. Wir lebten wie andere Kinder. Es schien, als vermissten wir Großmutter nicht mehr.

Aber noch heute, nach vielen Jahren, denke ich an Großmutter. Ich sammle Legenden über Jesus. Ich erinnere mich an Großmutters Geschichte von Jesu Geburt. Ich möchte sie noch einmal erzählen und in meine Sammlung aufnehmen.

* * *

Es war Weihnachten. Alle waren zur Kirche gefahren. Nur Großmutter und ich blieben zu Hause. Wir waren allein im Haus. Ich war zu jung, Großmutter war zu alt. Wir konnten nicht zur Kirche. Wir waren traurig. Wir saßen zusammen. Großmutter begann zu erzählen.

„Es war einmal ein Mann," sagte sie. „Er ging in die dunkle Nacht. Er wollte Feuer leihen. Er klopfte an viele Türen. ‚Bitte helft mir!' sagte er. ‚Meine Frau hat ein Kind geboren. Ich brauche Feuer, um sie zu wärmen.' Es war tief in der Nacht. Alle Menschen schliefen. Niemand antwortete ihm.

Der Mann ging weiter. Er sah in der Ferne ein Feuer. Er ging dorthin. Das Feuer brannte im Freien. Viele weiße Schafe schliefen um das Feuer. Ein alter Hirt wachte über die Schafe. Der Mann kam zu den Schafen. Drei große Hunde schliefen bei dem Hirten. Die Hunde wachten auf und öffneten ihre Mäuler, als ob sie bellen wollten. Aber sie machten keinen Laut.

Der Mann sah, wie die Hunde auf ihn losgingen. Ihre Haare standen hoch. Ihre Zähne leuchteten im Feuer. Ein Hund biss nach seinen Beinen. Ein anderer biss nach seiner Hand. Ein dritter Hund sprang an seine Kehle. Doch die Hunde konnten nicht beißen. Der Mann blieb unverletzt.

Der Mann wollte weitergehen. Er suchte etwas. Doch die Schafe lagen dicht zusammen. Er kam nicht durch. Also stieg er auf die Schafe. Er ging über sie zum Feuer. Keins der Tiere wachte auf.

Die Großmutter erzählte die Geschichte. Ich unterbrach sie. „Warum wachten die Tiere nicht auf?" fragte ich. „Das erfährst du später," sagte Großmutter.

„Der Mann kam fast bis zum Feuer. Der Hirt sah ihn. Der Hirt war alt und mürrisch. Er war oft hart zu Menschen. Er sah den Fremden und nahm einen langen Stock. Er warf den Stock nach dem Mann. Der Stock flog zischend auf den Mann zu. Doch der Stock wich zur Seite und flog vorbei."

Als Großmutter so weit war, unterbrach ich sie wieder.
„Großmutter, warum wollte der Stock den Mann nicht schlagen?"
Großmutter antwortete nicht und erzählte weiter.

„Der Mann kam zum Hirten. Er sagte: ‚Freund, hilf mir. Leih mir Feuer. Mein Frau hat ein Baby bekommen. Ich muss Feuer machen, um sie zu wärmen.'

Der Hirt wollte Nein sagen. Aber er dachte an die Hunde. Sie hatten dem Mann nichts getan. Die Schafe liefen nicht weg. Der Stock schlug ihn nicht. Der Hirt hatte Angst und sagte Ja.

‚Nimm, soviel du brauchst,' sagte der Hirt.

Das Feuer war fast aus. Es gab keine Holzstücke mehr. Nur ein großer Haufen Glut war übrig. Der Mann hatte keine Schaufel oder Eimer für die Kohlen.

Der Hirt sagte wieder: ‚Nimm, soviel du brauchst!' Er freute sich, denn der Mann konnte ja kein Feuer tragen. Aber der Mann nahm die Kohlen mit bloßen Händen. Er legte sie in seinen Mantel. Die Kohlen verbrannten weder seine Hände noch seinen Mantel. Der Mann trug sie weg wie Nüsse oder Äpfel."

Die Märchenerzählerin wurde zum dritten Mal unterbrochen.
„Großmutter, warum verbrannte die Kohle den Mann nicht?"
„Das wirst du gleich hören," sagte Großmutter und erzählte weiter.

„Der Hirt war ein böser und mürrischer Mann. Er sah, dass die Hunde die Schafe nicht bissen. Die Schafe erschraken nicht. Die Lanze tötete nicht. Das Feuer brannte nicht. Er wunderte sich: ‚Was ist das für eine Nacht? Warum zeigen alle Dinge Barmherzigkeit?' Er rief den Fremden zurück und fragte: ‚Was ist das für eine Nacht? Warum zeigen alle Dinge Barmherzigkeit?'

Der Fremde sagte: ‚Ich kann es dir nicht sagen, wenn du es nicht selbst siehst.' Er wollte weitergehen und ein Feuer machen und seine Familie wärmen.

Der Hirt wollte den Fremden nicht aus den Augen verlieren. Er folgte ihm bis zu seinem Zuhause. Der Fremde hatte keine Hütte. Seine Familie lag in einer kalten Berggrotte mit nackten Steinwänden.

Der Hirt dachte, das Kind kann in der Grotte erfrieren. Obwohl er ein harter Mann war, wollte er dem Kind helfen.

Er nahm seinen Rucksack ab. Er holte ein weiches, weißes Schaffell heraus. Er gab es dem fremden Mann. Er sagte, er solle das Kind darauf legen.

Der Hirt zeigte Barmherzigkeit. In diesem Augenblick sah er kleine Engel mit silbernen Flügeln. Sie standen um ihn herum. Jeder Engel hielt ein Musikinstrument. Alle Engel sangen laut. Sie sangen, der Heiland ist geboren. Der Heiland soll die Welt retten.

Er verstand, warum alle Dinge in dieser Nacht froh waren. Niemand wollte etwas Böses tun. Engel waren überall. Sie waren in der Grotte und auf dem Berg. Sie flogen am Himmel. Viele Engel kamen den Weg entlang. Sie blieben stehen und schauten das Kind an.

Es war viel Freude und Gesang in der Nacht. Er sah alles in der dunklen Nacht. Früher konnte er das nicht sehen. Er war sehr froh, dass er jetzt sehen konnte. Er fiel auf die Knie und dankte Gott."

Großmutter seufzte und sagte: „Wir können sehen, was der Hirte sah.
Engel fliegen jede Weihnachtsnacht am Himmel. Wir müssen sie nur sehen können."

Dann legte Großmutter ihre Hand auf meinen Kopf. Sie sagte: „Merke dir das.
Es ist so wahr, wie dass du mich siehst und ich dich sehe.
Es kommt nicht auf Lichter und Lampen an. Es liegt nicht an Mond und Sonne.
Wichtig ist, dass wir Augen für Gottes Herrlichkeit haben.“

Das Weihnachtsfest von Jimmy Vogelscheuche

von Mary E. Wilkins Freeman

Jimmy Vogelscheuche war im Winter oft traurig.

Jimmys größtes Problem war Langeweile. Er wollte nützlich sein. Im Winter konnte er nichts tun. Er fragte sich, wie viele Winter er noch aushalten musste. Er war eine junge Vogelscheuche. Dies war sein erster Winter. Er war stark gebaut. Seine hölzernen Gelenke knarrten im Wind. Er wurde aber nicht wackelig. Jeden Morgen schien die Sonne auf die Maisstoppeln. Jimmy war traurig. Zur Weihnachtszeit war er besonders traurig.

Am Weihnachtsabend kam der Weihnachtsmann. Sein Schlitten war voller Geschenke.
Er fuhr über das Feld zum Bauernhaus. Dort lebte Betsey mit ihrer Tante Hannah.
Betsey war ein braves Mädchen mit glatten, gelben Locken. Sie bekam viele Geschenke.
Der Weihnachtsmann hatte ein großes Puppenbaby aus Wachs für sie.
Er hielt es am Pelzkragen seines Mantels fest. Er wollte es nicht kaputt machen.

Als Jimmy den Weihnachtsmann sah, freute er sich sehr. „Weihnachtsmann! Hier bin ich!", rief er.
Der Weihnachtsmann hörte ihn nicht. „Weihnachtsmann, bitte gib' mir ein kleines Geschenk.
Ich war den ganzen Sommer brav. Ich habe die Krähen vom Mais ferngehalten", sagte die
Vogelscheuche. Aber der Weihnachtsmann zog mit Glockenläuten vorbei. Jimmy Vogelscheuche
stand im Maisfeld und weinte. „Ich bin nutzlos und alle haben mich vergessen", sagte er.
Aber er lag falsch.

Am nächsten Morgen saß Betsey am Fenster. Sie hielt ihr Weihnachtspuppenbaby im Arm.
Sie schaute zu Jimmy Vogelscheuche auf dem Feld. „Tante Hannah?", sagte sie.
Tante Hannah nähte eine Decke aus verschiedenen bunten Stücken zusammen.
Sie runzelte die Stirn über ein rotes und ein rosa Stück Seide. „Ja?", sagte sie.

„Hat der Weihnachtsmann der Vogelscheuche ein Geschenk gebracht?"

„Nein, hat er nicht."

„Warum nicht?"

„Weil er eine Vogelscheuche ist. Frag nicht so etwas."

„Ich will nicht so behandelt werden", sagte Betsey. Tante Hannah hörte sie nicht.
Sie schnitt die Seide zurecht.

Draußen schneite es stark und der Wind wehte.

Der alte Mantel der Vogelscheuche wurde durch den Schnee immer weißer.
Manchmal verschwand er fast im dichten Schneesturm. Tante Hannah arbeitete bis zum Nachmittag an ihrer Decke. Dann legte sie ihn stolz auf das Sofa. „So", sagte sie, „das ist fertig. Das ist die achte Decke.
Ich habe eine für jedes Bett im Haus. Vier habe ich schon verschenkt.
Ich würde diese verschenken, wenn es jemand will." Ihre Decken waren sehr bunt.
Aber diese Decke sah besonders verrückt aus.

Tante Hannah zog ihre Kapuze und ihren Schal an. Sie zog blaue Strümpfe über ihre Schuhe.
Sie ging durch den Schnee zu ihrer Schwester Susan. Susan wohnte unten an der Straße.
Tante Hannah brachte ihr ein Stück Pflaumenpudding.

Eine halbe Stunde später zog Betsey ihren roten Schal über den Kopf.
Sie lief über das Feld zu Jimmy Vogelscheuche. Sie versteckte ihr neues Puppenbaby unter dem Schal.

„Frohe Weihnachten!", sagte sie zu Jimmy Vogelscheuche.

„Frohe Weihnachten!", sagte Jimmy. Aber er weinte.
Sein alter Hut war ihm bis zum Kinn gerutscht.
Betsey sah mitleidig auf den alten Hut und den schneebedeckten Mantel.

„Ich habe dir ein Weihnachtsgeschenk mitgebracht", sagte sie.
Sie steckte ihr Puppenbaby in Jimmys Mantel. Sie steckte seine Füße in eine Tasche.

„Danke", sagte Jimmy leise.

„Gern geschehen", sagte sie. „Behalte sie unter deinem Mantel. Der Schnee soll sie nicht nass machen.
Sie soll sich nicht erkälten. Sie ist zart."

„Ja, das werde ich", sagte Jimmy. Er legte einen Arm um das Puppenbaby.

„Ist dir nicht kalt in deinem alten Sommermantel?", fragte Betsey.

„Wenn ich mich bewege, wird mir warm", antwortete er. Aber er zitterte.
Der Wind pfiff durch seine Lumpen.

„Warte einen Moment", sagte Betsey und ging über das Feld.

Jimmy stand im Maisfeld. Er wartete mit dem Puppenbaby unter seinem Mantel.
Bald kam Betsey zurück. Sie hatte Tante Hannahs bunte verrückte Decke dabei.

„Hier", sagte sie, „diese Decke hält dich warm." Sie legte die Decke um Jimmy und befestigte sie.

„Tante Hannah möchte die Decke verschenken. Sie hat viele bunte Decken im Haus.
Auf Wiedersehen, aber decke das Puppenbaby gut zu."
Dann rannte sie über das Feld und ließ Jimmy mit der Decke und dem Puppenbaby allein.

Die bunte verrückte Decke leuchtete unter Jimmys Hut. Sie blendete seine Augen.
Er fühlte sich unwohl. „Hoffentlich ist die Bettdecke harmlos", sagte er.
Die Bettdecke war aber auch warm. Er beruhigte sich. Bald wimmerte das Puppenbaby.
Jimmy bewegte seine Gelenke. Das Puppenbaby lachte und gurrte in seinem Mantel.

Jimmy Vogelscheuche war sehr glücklich. Dann begann es zu regnen. Die Bettdecke wurde nass.
Auch sein Mantel und das Puppenbaby wurden nass. Das Puppenbaby weinte laut.

Dann wurde es still. Jimmy hatte Angst, es ist tot.

Es wurde dunkel. Der Regen fiel stark. Der Schnee schmolz.
Jimmy stand im Wasser bis zu seinen Stiefeln. Er dachte: Das ist die traurigste Stunde meines Lebens.
Plötzlich hörte er die Schlittenglocken des Weihnachtsmannes. Er hörte seine fröhliche Stimme.
Es war nach Mitternacht. Weihnachten war vorbei. Der Weihnachtsmann eilte nach Hause.

„Weihnachtsmann! Lieber Weihnachtsmann!", rief Jimmy Vogelscheuche und weinte.
Dieses Mal hörte der Weihnachtsmann ihn und hielt an.

„Wer ist da?", rief der Weihnachtsmann aus der Dunkelheit.

„Ich bin es", antwortete die Vogelscheuche.

„Wer ist ich?"

„Jimmy Vogelscheuche!", rief der Weihnachtsmann.

Der Weihnachtsmann stieg aus seinem Schlitten. Er ging zu Jimmy.
„Stehst du hier seit dem Herbst?", fragte er. Jimmy sagte ja.

„Was ist das über deinen Schultern?", fragte der Weihnachtsmann. Er hielt seine Laterne hoch.

„Es ist eine verrückte Decke."

„Was hast du unter deinem Mantel?"

„Das Puppenbaby, das Betsey mir geschenkt hat. Ich glaube, es ist tot", sagte Jimmy traurig.

„Unsinn!", rief der Weihnachtsmann. „Zeig' es mir!"

Der Weihnachtsmann nahm das Puppenbaby unter Jimmys Mantel hervor.
Er tätschelte den Rücken des Babys und schüttelte es leicht.
Das Baby begann zu weinen und dann zu lachen.

„Alles in Ordnung", sagte der Weihnachtsmann. „Das ist das Puppenbaby.
Ich habe es Betsey geschenkt. Es ist nicht zerbrechlich.
Es hatte Masern, Windpocken, Mumps und Keuchhusten, bevor es den Nordpol verließ.
Steig in den Schlitten, Jimmy Vogelscheuche. Bring das Puppenbaby und die Decke mit.
Ich hatte am Nordpol noch nie eine verrückte Decke. Aber vielleicht kann ich sie heilen. Steig' ein!"

Der Weihnachtsmann rief seinen Rentieren zu. Sie zogen den Schlitten heran.

„Steig ein, Jimmy Vogelscheuche, und komm mit mir zum Nordpol!", rief er.

„Wie lange kann ich bleiben?"

„Bleibst du bei mir?", fragte Jimmy Vogelscheuche.

„Du wirst doch bei mir wohnen", sagte der Weihnachtsmann. „Ich habe nach dir gesucht."

„Gibt es am Nordpol Krähen zu verscheuchen?", fragte Jimmy ängstlich.

„Nein", sagte der Weihnachtsmann. „Ich will, dass du Arktisforscher verscheuchst.
Das ist wichtiger als Krähen verscheuchen. Ich kann dich 1000 Jahre lang beschäftigen.
Wenn sie den Pol finden, zerstören sie alles. Komm' mit, ich bin in Eile."

„Ich gehe unter zwei Bedingungen", sagte Jimmy.
„Erstens möchte ich Tante Hannah und Betsey ein Geschenk machen."

„Du kannst ihnen jedes Geschenk machen. Was noch?"

„Ich möchte die Krähen im Sommer aus dem Mais vertreiben."

„Das ist leicht", sagte der Weihnachtsmann. „Warte nur eine Minute."

Der Weihnachtsmann nahm seine Feder. Er ging zum Zaun. Er schrieb darauf:

HINWEIS FÜR KRÄHEN

Krähen dürfen keinen Mais stehlen. Sie werden sonst schneeweiß.
Sie werden dann eine Schande für ihre Art.

Auf Anordnung des Weihnachtsmannes.

„Der Mais ist jetzt sicher", sagte der Weihnachtsmann. „Steig' ein."
Jimmy stieg in den Schlitten. Sie flogen über die Felder davon.
Sie riefen fröhlich und die Glocken läuteten.

Am nächsten Morgen waren Tante Hannah und Betsey überrascht.
Die Vogelscheuche stand nicht mehr auf dem Feld.
Betsey hatte Tante Hannah von der verrückten Decke und dem Puppenbaby erzählt.
Beides hatte sie verschenkt. Tante Hannah war nur wenig böse.

„Du darfst nichts mehr verschenken, ohne zu fragen“, sagte Tante Hannah.
„Du darfst nichts von mir verschenken, auch wenn ich es nicht will.
Jetzt sind meine Decke und dein Puppenbaby weg.“

Das war aber alles, was Tante Hannah sagte. Sie wollte John am Morgen nach der Decke und dem Puppenbaby schicken. Aber Jimmy Vogelscheuche war weg.
Die verrückte Decke und das Puppenbaby waren auch weg. John suchte überall.
Er fand keine Spur von ihnen.

„Sie sind weggeweht, Mama“, sagte er zu Tante Hannah.
„Nächsten Sommer brauchen wir eine neue Vogelscheuche“, sagte sie.

Aber im nächsten Sommer brauchten sie keine Vogelscheuche mehr.
Keine Krähe kam an den Zaunpfahl.
Der Weihnachtsmann hatte dort die Anweisung für die Krähen hinterlassen.

Das Kornfeld war sehr schön. Keine Krähe stahl ein Korn.
Alle wunderten sich, weil sie die Krähensprache nicht lesen konnten.

„Warum kommen die Krähen nicht in unser Kornfeld?“, fragte Tante Hannah.

Zu Weihnachten gab es ein noch größeres Rätsel.
Tante Hannah und Betsey bekamen seltsame Geschenke.
Sie fanden sie am Weihnachtsmorgen im Wohnzimmer.
Tante Hannahs Geschenk war ihre alte verrückte Decke. Die Decke war jetzt ordentlich gemacht.

„Das ist meine alte Bettdecke, aber jetzt ist sie ordentlich“, rief Tante Hannah.
Ihre Brille glänzte vor Erstaunen.

Betseys Geschenk war ihr Puppenbaby vom letzten Weihnachten. Die Puppe war ein Jahr älter.
Sie war einen Zentimeter gewachsen. Sie konnte laufen und „Mama“ und „Wie geht‘s?“ sagen.
Sie hatte sich sehr verändert. Betsey erkannte sie sofort.

„Das ist mein Puppenbaby!“, rief sie. Sie nahm sie in den Arm und küsste sie.

Was Tante Hannah und Betsey nicht wussten:
Die Steppdecke und die Puppe waren die Weihnachtsgeschenke von Jimmy Vogelscheuche.

Der Tannenbaum

von Hans Christian Andersen

Draußen im Wald stand ein niedlicher Tannenbaum. Er hatte einen guten Platz. Er bekam Sonne und genug Luft. Um ihn herum wuchsen größere Bäume, Tannen und Fichten.

Dem kleinen Tannenbaum war das Wachsen am wichtigsten. Er achtete nicht auf die warme Sonne und die frische Luft. Er kümmerte sich nicht um die Bauernkinder. Die Kinder gingen und plauderten, wenn sie Erdbeeren und Himbeeren sammelten.

Oft kamen die Kinder mit einem Topf voll Beeren. Manchmal hatten sie Erdbeeren auf einen Strohhalm gezogen. Dann setzten sie sich neben den kleinen Tannenbaum. Sie sagten: „Wie niedlich klein ist der!" Das mochte der Baum gar nicht hören.

Im nächsten Jahr wuchs er ein Stück. Im Jahr danach wuchs er noch ein Stück.
Bei Tannenbäumen sieht man an den Stücken ihr Alter.

„Oh, wäre ich doch so groß wie die anderen Bäume!" seufzte das kleine Bäumchen.

„Dann könnte ich meine Zweige weit ausbreiten. Ich könnte mit der Krone in die Welt schauen.
Vögel würden Nester in meinen Zweigen bauen. Wenn der Wind weht, könnte ich wie die anderen nicken!" Er freute sich nicht über die Sonne, die Vögel und die roten Wolken.

Im Winter lag Schnee um ihn herum. Oft sprang ein Hase über ihn hinweg.
Das ärgerte ihn! Zwei Winter vergingen. Im dritten Winter war das Bäumchen schon groß.
Jetzt musste der Hase um ihn herum laufen.. „Oh, wachsen und groß werden ist das Schönste!" dachte der Baum. Im Herbst kamen Holzfäller. Sie fällten einige große Bäume.
Das geschah jedes Jahr. Der junge Tannenbaum hatte Angst. Die großen Bäume fielen mit Knacken und Krachen. Die Zweige wurden abgehauen. Die Bäume sahen nackt und schmal aus.
Man erkannte sie kaum wieder.

Dann legten sie die Bäume auf Wagen. Pferde zogen die Wagen aus dem Wald. Wohin gingen sie?
Was passierte mit ihnen? Im Frühling fragte der Baum die Schwalben und Störche:
„Wisst ihr, wohin sie gebracht wurden? Habt ihr sie gesehen?"

Die Schwalben wussten es nicht. Der Storch dachte nach und nickte.
„Ja, ich glaube, ich habe sie gesehen. Ich sah viele neue Schiffe aus Ägypten.
Auf den Schiffen waren schöne Masten. Sie rochen nach Tannen. Ich kann von ihnen grüßen.
Sie sind schön und stolz!"

„Oh, wäre ich doch auch groß genug, um über das Meer zu fahren! Was ist das Meer? Wie sieht es aus?"

„Das ist schwer zu erklären!" sagte der Storch und ging.

„Freue dich deiner Jugend!" sagten die Sonnenstrahlen. „Freue dich deines Wachstums und des jungen Lebens!" Der Wind küsste den Baum. Der Tau weinte Tränen über ihn. Aber der Tannenbaum verstand das nicht.

In der Weihnachtszeit fällten sie junge Bäume. Diese Bäume waren oft klein. Sie waren nicht größer als der Tannenbaum. Diese jungen Bäume behielten alle ihre Zweige. Pferde zogen sie auf Wagen aus dem Wald.

„Wohin gehen diese Bäume?“ fragte der Tannenbaum. „Sie sind nicht größer als ich. Einer ist sogar kleiner. Warum behalten sie ihre Zweige? Wohin fahren sie?“

„Das wissen wir!“ zwitscherten die Meisen. „In der Stadt haben wir in die Fenster gesehen! Wir wissen, wohin sie fahren! Sie kommen in warme Stuben. Dort werden sie mit schönen Sachen geschmückt. Es gibt vergoldete Äpfel, Honigkuchen, Spielzeug und viele Lichter.“

„Und dann?“ fragte der Tannenbaum. „Was geschieht dann?“ Der Baum bebte vor Aufregung.

„Mehr haben wir nicht gesehen! Es war wunderschön!“

„Ob ich auch diesen Weg gehe?“ jubelte der Tannenbaum. „Das ist besser als über das Meer zu reisen! Ich sehne mich danach! Wäre es doch Weihnachten! Nun bin ich groß wie die anderen Bäume. Sie wurden letztes Jahr abgeholt. Oh, wäre ich doch auf dem Wagen! Wäre ich doch in der warmen Stube! Dort ist es schön. Und dann? Dann kommt etwas noch Besseres. Warum würden sie mich sonst schmücken? Es muss etwas Großes kommen. Aber was? Oh, ich leide. Ich sehne mich.
Ich weiß nicht, was los ist.“

„Freue dich!“ sagten die Luft und das Sonnenlicht. „Freue dich über deine Jugend im Freien!“
Aber er freute sich nicht. Er wuchs und wuchs. Winter und Sommer war er grün.
Die Leute sagten: „Das ist ein schöner Baum!“ Zur Weihnachtszeit wurde er zuerst gefällt.
Die Axt hieb tief. Der Baum fiel zu Boden. Er fühlte Schmerz und Ohnmacht.
Er konnte nicht an Glück denken. Er war traurig, seine Heimat zu verlassen.
Er wusste, er wird die alten Freunde nie mehr sehen. Vielleicht auch nicht die Vögel.
Die Abreise war nicht schön.

Der Baum wurde im Hof abgeladen. Da kam er erst wieder zu sich.
Ein Mann sagte: „Dieser Baum ist prächtig! Wir wollen nur diesen!“

Zwei Diener trugen den Tannenbaum in einen großen Saal. An den Wänden hingen Bilder.
Beim Kachelofen standen chinesische Vasen mit Löwen auf den Deckeln.
Da waren Wiegestühle, seidene Sofas und große Tische. Auf den Tischen lagen
Bilderbücher und Spielzeug. Die Kinder sagten, das Spielzeug sei sehr teuer.

Der Tannenbaum kam in ein großes Fass mit Sand. Niemand sah das Fass, weil es mit grünem Zeug bedeckt war. Es stand auf einem bunten Teppich. Diener und Fräulein schmückten den Baum.
Sie hängten kleine Netze aus Papier an die Zweige. In jedem Netz war Zuckerwerk.
Vergoldete Äpfel und Walnüsse hingen am Baum. Über hundert kleine Lichter wurden in die Zweige gesteckt.

Da hingen Puppen im Grünen. Sie sahen wie Menschen aus. Oben an der Spitze war ein Stern aus Flittergold. Der Baum sah sehr schön aus. Alle sagten: „Heute Abend wird er strahlen!“

Sie freuten sich sehr.

Der Baum dachte: „Wäre es doch Abend! Würden nur die Lichter bald angezündet! Was passiert dann? Kommen Bäume aus dem Wald, um mich zu sehen?"

Fliegen die Meisen gegen die Fensterscheiben? Wachse ich hier fest und bleibe geschmückt im Winter und Sommer? Der Baum wusste gut Bescheid. Aber er hatte starke Schmerzen in seinen Borken vor Sehnsucht. Diese Schmerzen sind für einen Baum so schlimm wie für uns Kopfschmerzen. Nun wurden die Lichter angezündet. Es war sehr hell und schön. Der Baum zitterte in allen Zweigen. Ein Licht zündete das Grün an. Es brannte stark. „Gott bewahre uns!" schrien die Frauen und löschten es schnell aus. Der Baum durfte nicht mehr zittern. Das war schrecklich! Er hatte Angst, etwas zu verlieren. Er war ganz benommen von dem Glanz. Dann öffneten sich die Türen. Viele Kinder stürmten herein. Die älteren Leute kamen langsam nach. Die Kleinen standen kurz still. Dann jubelten sie laut. Sie tanzten um den Baum. Sie pflückten ein Geschenk nach dem anderen ab und verteilten sie. „Was machen sie?" dachte der Baum. „Was soll geschehen?" Die Lichter brannten bis zu den Zweigen herunter. Dann wurden sie gelöscht. Danach durften die Kinder den Baum plündern.

Sie rannten auf ihn zu. Die Zweige knackten laut. Der Baum war oben festgemacht. Sonst wäre er umgefallen. „Was soll das?" dachte der Baum. Die Kinder spielten mit ihrem Spielzeug. Niemand sah den Baum an. Nur das alte Kindermädchen schaute zwischen die Zweige. Sie suchte nach vergessenen Feigen oder Äpfeln.

„Eine Geschichte, eine Geschichte!" riefen die Kinder. Sie zogen einen kleinen, dicken Mann zum Baum. Er setzte sich unter den Baum. „So sind wir im Grünen," sagte er. „Der Baum kann zuhören! Aber ich erzähle nur eine Geschichte. Wollt ihr die von Ivede-Avede oder die von Klumpe-Dumpe hören?"

„Ivede-Avede!" riefen einige Kinder.

„Klumpe-Dumpe!" riefen andere Kinder.

Der Tannenbaum blieb still. Er dachte: ‚Komme ich nicht mit? Habe ich nichts zu tun?' Der Mann erzählte von Klumpe-Dumpe. Klumpe-Dumpe fiel die Treppen hinunter. Er wurde trotzdem belohnt und bekam die Prinzessin. Die Kinder klatschten in die Hände und riefen: „Erzähle, erzähle!" Sie wollten auch die Geschichte von Ivede-Avede hören. Aber sie bekamen nur die Geschichte von Klumpe-Dumpe.

Der Tannenbaum stand still und dachte nach. Die Vögel erzählten nie so etwas. Klumpe-Dumpe fiel die Treppen hinunter und bekam die Prinzessin. ‚So ist die Welt!' dachte der Tannenbaum. Ein netter Mann hatte es erzählt.

‚Vielleicht falle ich auch die Treppe hinunter und bekomme eine Prinzessin!'
Er freute sich auf den nächsten Tag. Dann wird er wieder mit Lichtern und Spielzeug geschmückt.
‚Morgen werde ich nicht zittern!' dachte er. ‚Ich werde mich freuen.
Morgen höre ich wieder die Geschichte von Klumpe-Dumpe.'

Der Baum stand die ganze Nacht still und dachte nach. Am Morgen kamen die Diener
und das Mädchen herein. ‚Nun beginnt der Spaß neu!' dachte der Baum.
Aber sie trugen ihn aus dem Zimmer. Sie brachten ihn die Treppe hinauf auf den Dachboden.
Sie stellten ihn in eine dunkle Ecke ohne Licht. ‚Was soll ich hier machen? Was werde ich hier hören?'
Er lehnte sich gegen die Wand und dachte nach. Tage und Nächte vergingen. Niemand kam herauf.
Endlich kam jemand. Sie stellten große Kisten in die Ecke. Der Baum war ganz versteckt.
Man musste glauben, dass er vergessen war. ‚Nun ist es Winter draußen!' dachte der Baum.
‚Die Erde ist hart und mit Schnee bedeckt. Die Menschen können mich nicht pflanzen.
Deshalb bleibe ich bis zum Frühling hier. Das ist gut überlegt. Die Menschen sind gut.
Aber es ist dunkel und einsam hier. Kein Hase ist da. Im Wald war es schön,
wenn der Hase vorbeisprang. Damals mochte ich das nicht. Hier oben ist es sehr einsam.'

„Piep, piep!" sagte eine kleine Maus und kam hervor. Dann kam noch eine kleine Maus.
Sie beschnüffelten den Tannenbaum und kletterten in seine Zweige.

„Es ist sehr kalt!" sagten die kleinen Mäuse. „Sonst ist es hier gut; nicht wahr, du alter Tannenbaum?"

„Ich bin nicht alt!" sagte der Tannenbaum. „Es gibt viele, die älter sind als ich!"

„Woher kommst du?" fragten die Mäuse. „Und was weißt du?" Sie waren sehr neugierig.
„Erzähle uns von den schönsten Orten! Warst du dort? Warst du in der Speisekammer?
Dort wo Käse liegt und Schinken hängt, wo man auf Talglicht tanzt, mager hineingeht
und fett herauskommt?"

„Das kenne ich nicht," sagte der Baum. „Aber ich kenne den Wald, wo die Sonne scheint
und die Vögel singen!" Dann erzählte er alles aus seiner Jugend.

Die kleinen Mäuse hatten so etwas nie gehört. Sie hörten zu und sagten: „Wie viel du gesehen hast!
Wie glücklich du warst!"

„Ich?" sagte der Tannenbaum und dachte nach. „Ja, es waren schöne Zeiten!"
Dann erzählte er vom Weihnachtsabend. Er war mit Zucker und Lichtern geschmückt.

„Oh," sagten die kleinen Mäuse, „wie glücklich du warst, alter Tannenbaum!"

„Ich bin nicht alt!" sagte der Baum. „Ich kam erst diesen Winter aus dem Wald!
Ich bin in meinem besten Alter."

„Wie schön du erzählst!" sagten die kleinen Mäuse. In der nächsten Nacht kamen sie mit vier anderen Mäusen. Sie wollten den Baum hören. Er erzählte immer mehr, und immer mehr erinnerte er sich.
Er dachte: ‚Es waren schöne Zeiten! Aber sie können wiederkommen! Klumpe-Dumpe fiel die Treppe hinunter und bekam die Prinzessin. Vielleicht bekomme ich auch eine Prinzessin.'
Dann dachte der Tannenbaum an eine kleine Birke im Wald. Für ihn war sie eine schöne Prinzessin.

„Wer ist Klumpe-Dumpe?" fragten die kleinen Mäuse.

Der Tannenbaum erzählte das Märchen. Er erinnerte sich an jedes Wort.
Die kleinen Mäuse sprangen vor Freude bis zur Spitze. In der nächsten Nacht kamen mehr Mäuse.
Am Sonntag kamen sogar zwei Ratten. Die Ratten fanden die Geschichte nicht schön.
Das machte die Mäuse traurig. Sie mochten die Geschichte dann auch weniger.

„Wissen Sie nur die eine Geschichte?" fragten die Ratten.

„Ja, nur die eine," antwortete der Baum. „Ich hörte sie an meinem glücklichsten Abend.
Damals wusste ich nicht, wie glücklich ich war."

„Das ist eine schlechte Geschichte! Kennen Sie keine Geschichten von Speck und Talglicht?
Keine Geschichten aus der Speisekammer?"

„Nein!" sagte der Baum.

„Dann danke!" sagten die Ratten und gingen weg.

Die kleinen Mäuse kamen auch nicht mehr. Der Baum seufzte:
„Es war schön, als die Mäuse um mich saßen und zuhörten. Nun ist das vorbei!
Aber ich werde gerne daran denken, wenn ich wieder hervorgeholt werde."

Aber wann geschah das? Eines Morgens kamen Leute und räumten den Boden auf.
Sie setzten die Kisten weg und holten den Baum hervor. Sie warfen ihn hart auf den Boden.
Ein Diener schleppte ihn zur Treppe, wo das Tageslicht schien.

Er fühlte die frische Luft. Die Sonne schien. Er war draußen im Hof.
Alles ging schnell. Der Baum vergaß sich selbst. Es gab viel zu sehen.
Der Hof grenzte an einen Garten. Alles blühte dort. Rosen dufteten über das Gitter.
Lindenbäume blühten. Schwalben flogen umher. Sie riefen: „Quirrevirrevit, mein Mann ist gekommen!"
Aber sie meinten nicht den Tannenbaum.

„Jetzt werde ich leben!" rief der Baum. Er breitete seine Zweige aus. Doch sie waren trocken und gelb.
Er lag zwischen Unkraut und Nesseln. Der Goldstern war noch an der Spitze.
Er glänzte in der Sonne.

Kinder spielten im Hof. Sie hatten den Baum zu Weihnachten umtanzt.
Ein kleines Kind riss den Goldstern ab. „Schau, was am hässlichen alten Baum hängt!“ sagte es.
Es trat auf die Zweige. Sie knackten.

Der Baum sah die Blumen im Garten. Er sah sich selbst an.
Er wäre lieber im dunklen Winkel geblieben. Er erinnerte sich an seine Jugend im Wald.
Er dachte an den fröhlichen Weihnachtsabend. Er erinnerte sich an die kleinen Mäuse
und die Geschichte von Klumpe-Dumpe.

„Vorbei, vorbei!“ sagte der arme Baum. „Ich hätte mich gefreut, als ich es noch konnte! Vorbei, vorbei!“

Der Diener kam und schnitt den Baum in kleine Stücke. Ein ganzes Bündel lag da.
Es brannte hell unter dem großen Kessel. Der Baum seufzte tief.
Jeder Seufzer klang wie ein kleiner Knall. Die Kinder, die spielten, kamen herbei.
Sie setzten sich vor das Feuer. Sie schauten hinein und riefen: „Piff, paff!“
Bei jedem Knall dachte der Baum an den Sommer im Wald.
Er dachte an die Winternacht mit den Sternen. Er dachte an den Weihnachtsabend
und das Märchen Klumpe-Dumpe. Dann war der Baum verbrannt.

Die Jungen spielten im Garten. Der Kleinste trug den Goldstern auf der Brust.
Der Baum hatte ihn an seinem glücklichsten Abend getragen. Nun war alles vorbei.
Mit dem Baum war es vorbei und mit der Geschichte auch.
Vorbei, vorbei. So geht es mit allen Geschichten!

Der Schneemann

von Hans Christian Andersen

„Es ist so kalt, dass mein ganzer Körper knackt!" sagte der Schneemann.
„Der Wind fühlt sich lebendig an. Und wie die Sonne glotzt!"
Er meinte die Sonne, die gerade unterging. „Sie wird mich nicht blenden. Ich werde fest bleiben."

Er hatte statt Augen zwei dreieckige Dachziegel im Kopf. Sein Mund war ein alter Rechen.
Deshalb hatte sein Mund Zähne. Die Jungen jubelten bei seiner Geburt.
Sie begrüßten ihn mit Glocken und Peitschenknall der Schlitten. Die Sonne ging unter.

Der Vollmond ging auf. Er war rund, groß und klar in der blauen Luft.
„Da ist sie wieder!“ sagte der Schneemann. Er meinte die Sonne.
„Ich habe ihr das Glotzen abgewöhnt! Jetzt leuchtet sie dort. Ich möchte mich bewegen!
Ich will auf dem Eis gleiten wie die Jungen. Aber ich weiß nicht, wie man läuft.“
„Weg! weg!“ bellte der alte Hund. Er war heiser und konnte nicht laut bellen.
Er wurde heiser, als er noch ein Stubenhund war und unter dem Ofen lag.
„Die Sonne wird dich laufen lehren! Das habe ich letzten Winter gesehen.
Weg! weg! und weg sind sie alle!“ „Ich verstehe dich nicht, Freund,“ sagte der Schneemann.
„Die Sonne soll mich laufen lehren?“
Er meinte den Mond. „Ja, vorhin lief sie, als ich sie ansah.
Jetzt schleicht sie von einer anderen Seite heran.“

„Du weißt nichts!“ sagte der Kettenhund. „Du bist gerade erst aufgewacht.
Was du siehst, ist der Mond. Die von vorhin war die Sonne. Sie kommt morgen wieder.
Sie wird dir beibringen, in den Graben hinab zu fließen. Das Wetter ändert sich bald.
Ich fühle es in meinem Bein. Es schmerzt. Das Wetter wird anders!“

„Ich verstehe dich nicht,“ sagte der Schneemann. „Aber ich fühle, dass es unangenehm ist.
Die Sonne, wie du sie nennst, ist nicht meine Freundin. Das fühle ich!“

„Weg! Weg!“ bellte der Kettenhund.
Er ging dreimal im Kreis und kroch dann in seine Hütte zum Schlafen.

Das Wetter änderte sich wirklich. Gegen Morgen lag ein dicker Nebel über der Gegend.
Später kam ein eisiger Wind. Es wurde sehr kalt. Aber als die Sonne aufging, war es wunderschön!
Bäume und Büsche waren mit Reif bedeckt. Sie sahen aus wie ein Wald aus Korallen.
Alle Zweige waren mit weißen Blüten bedeckt.
Die vielen kleinen Zweige, die im Sommer versteckt sind, waren jetzt sichtbar.

Die Birke war weiß und glänzte. Jeder Zweig leuchtete weiß. Die Birke bewegte sich im Wind.
Sie lebte wie alle Bäume im Sommer. Es war schön! Die Sonne schien.
Alles funkelte und glitzerte. Es sah aus wie Diamantenstaub. Der Schnee auf dem Boden glitzerte auch.
Es sah wie viele kleine leuchtende Lichter aus. „Das ist wunderschön!“ sagte ein junges Mädchen.
Sie war mit einem jungen Mann im Garten. Beide standen beim Schneemann und sahen die Bäume an.

„Der Sommer ist nicht schöner!“ sagte sie. Ihre Augen strahlten.

„So einen Schneemann gibt es im Sommer nicht,“ sagte der junge Mann.
Er zeigte auf den Schneemann.

„Er ist hübsch.“ Das Mädchen lachte und nickte dem Schneemann zu.
Sie tanzte mit ihrem Freund über den Schnee. Der Schnee knarrte unter ihren Schritten.

„Wer waren die beiden?“ fragte der Schneemann.

„Liebesleute!“ antwortete der Kettenhund. „Sie werden zusammen in eine Hütte ziehen.“

„Sind die beiden wie du und ich?“ fragte der Schneemann.

„Die gehören zur Herrschaft!“ sagte der Kettenhund. „Du weißt wenig, weil du neu bist.
Ich sehe das! Ich bin alt und kenne viel. Ich kenne alle hier im Haus.
Früher lag ich nicht in der Kälte und an der Kette. Weg! Weg!“

„Die Kälte ist schön!“ sagte der Schneemann. „Erzähle! Aber rassle nicht mit den Ketten.
Es knackt in mir, wenn du das tust.“

„Weg! Weg!“ bellte der Kettenhund. „Ich war ein kleiner Hund, klein und niedlich.
Damals lag ich auf einem weichen Stuhl im Herrenhaus.
Die Herrschaft küsste mich und wischte meine Pfoten ab. Ich hieß Ami! Lieber Ami!
Süßer Ami! Später wurde ich zu groß. Sie gaben mich der Haushälterin.
Ich kam in die Kellerwohnung. Bei der Haushälterin war es gemütlicher.
Kinder zerrten nicht an mir. Ich bekam gutes Futter, sogar besseres!
Ich hatte mein eigenes Kissen und einen Ofen. Der Ofen war das Beste!
Ich konnte mich darunter verstecken. Ach, ich träume noch davon.“

„Weg! Weg!“ rief der Schneemann. „Sieht ein Ofen schön aus?“ fragte er.
„Sieht er aus wie ich?“

„Nein, er ist ganz anders als du. Er ist schwarz und hat einen langen Hals.
Er frisst Brennholz und spuckt Feuer. Man muss nah bei ihm stehen, dann ist es warm.
Du kannst ihn durch das Fenster sehen.“

Der Schneemann schaute durch das Fenster.
Er sah einen glänzenden Gegenstand mit einem Messingteil. Der Schneemann seltsame Gefühle.
Er wusste nicht, warum er sich so fühlte. Aber alle Menschen kennen dieses Gefühl.

„Warum hast du sie verlassen?“ fragte der Schneemann. Er dachte, es muss eine Frau sein.
„Wie konntest du diesen Ort verlassen?“

„Ich musste gehen,“ sagte der Kettenhund. „Man warf mich hinaus und legte mich an die Kette.
Ich biss einen Jungen ins Bein. Er hatte mir den Knochen weggenommen.
Das fand man schlecht und legte mich an die Kette.
Seitdem bin ich heiser und kann nicht mehr wie andere Hunde bellen. Das war das Ende.“

Der Schneemann hörte nicht mehr zu. Er schaute in die Kellerwohnung. Dort stand der Ofen.

Der Ofen war so groß wie der Schneemann.

„Es knackt in mir", sagte der Schneemann. „Komme ich nie hinein? Es ist ein unschuldiger Wunsch. Unsere Wünsche gehen in Erfüllung. Ich muss hinein. Ich will mich an sie anlehnen. Notfalls drücke ich das Fenster ein!"

„Du kommst nie hinein", sagte der Hund. „Und kommst du an den Ofen, bist du weg!"

„Ich bin fast weg", sagte der Schneemann. „Ich breche zusammen."

Der Schneemann schaute den ganzen Tag durchs Fenster.
In der Dämmerung wurde die Stube noch schöner. Der Ofen leuchtete mild.
Nicht wie der Mond oder die Sonne. Nur wie ein Ofen, wenn er etwas verbrennt.
Bei offener Tür kamen Flammen heraus. Der Ofen hatte diese Gewohnheit.
Dann leuchtete es rot in das Gesicht des Schneemanns. Seine Brust leuchtete auch rot.

„Ich halte es nicht mehr aus", sagte der Schneemann.
„Wie schön es aussieht, wenn die Flamme herauskommt!"

Die Nacht war lang für den Schneemann. Er stand still. Er dachte nach.
Seine Gedanken waren kalt. Am Morgen waren die Fenster der Kellerwohnung mit Eis bedeckt.
Die Eisblumen waren schön. Sie verdeckten den Ofen. Die Fenster tauten nicht auf.
Er konnte den Ofen nicht sehen. Er dachte, der Ofen sei eine schöne Frau. Es knackte um ihn herum.
Es war wirklich sehr kalt. Ein Schneemann sollte sich freuen. Aber er freute sich nicht.
Er wollte den Ofen sehen.

„Das ist schlecht für einen Schneemann," sagte der Hund. „Ich hatte das auch.
Aber ich habe es überstanden. Weg! Weg!" bellte er. „Das Wetter wird sich ändern!" sagte er.

Und das Wetter änderte sich. Es wurde wärmer. Der Schneemann schmolz.
Er sagte nichts und klagte nicht.

Eines Morgens brach er zusammen. Ein Besenstiel ragte heraus.
Die Kinder hatten ihn um den Stiel herum gebaut.

„Jetzt verstehe ich es," sagte der Hund. „Da ist ein Ofenkratzer am Stiel.
Der Schneemann hatte einen Ofenkratzer im Bauch!"

Das ist es, was in ihm war. Jetzt ist es vorbei. Weg! Weg!

Bald darauf war auch der Winter vorbei. Weg! Weg! bellte der Hund.

Aber die Mädchen sangen:

Waldmeister grün! Kommt aus dem Haus. Weide!
Die wollenen Handschuhe aus.
Lerche und Kuckuck! Singt fröhlich.
Frühling im Februar wird es sein!
Ich singe mit: Kuckuck! Kiwitt!
Komm, liebe Sonne, komm oft! Kiwitt!

Und dann dachte niemand mehr an den Schneemann.

Das Weihnachtsfest der Vögel

von F. E. Mann, auf Tatsachen beruhend

„Tschickadee-di-dee-di-dee! Chickadee-dee-dee-dee! Chicka-“

„Cheerup, cheerup, chee-chee! Cheerup, cheerup, chee-chee!“ „Ter-ra-lee, ter-ra-lee, ter-ra-lee!“

„Rap-atap-atap-atap!“, rief der Specht, „Frau Meise darf zuerst sprechen.“

„Freunde“, begann Frau Meise, „wisst ihr, warum ich euch gerufen habe?“

„Weil es der Tag vor Weihnachten ist“, zwitscherte die Schneeammer.

„Und du gibst eine Weihnachtsfeier“, zwitscherte das Rotkehlchen.

„Und du willst, dass wir alle kommen!“, sagte der Dompfaff.

„Hurra! Ein dreifaches Hurra für Frau Meise!“

„Still!“ sagte Frau Meise, „ich werde euch alles erzählen.“

Morgen ist Weihnachten. Ich will kein Fest geben.

„Tschüss, tschüss, tschüss!“, rief Robin Rostbrust. „Tschüss, tschüss, tschüss!“

„Hört meinen Plan an“, sagte Frau Chickadee. „Ich möchte, dass ihr helft.
Wer erinnert sich an den Distelfink? Er schwebte im Sommer und Herbst über die Wiesen.“

„Cheerup, chee-chee, cheerup, chee-chee, ich erinnere mich“, sang das Rotkehlchen.
„Er liebte es, auf Disteln zu schaukeln!“

„Ja“, sagte Downy Specht. „Er sang über blauen Himmel und Sonnenschein.
Er sang ‚Swee-e-et sweet-sweet-sweet-a-twitter-witter-witter-witter-witter-wee-twea!‘“

„Ter-ra-lee, ter-ra-lee“, sagte die Schneeammer. „Wir kennen den Distelgimpel.
Aber was hat er mit eurer Weihnachtsfeier zu tun? Er ist jetzt im Süden.
Es wäre ihm egal, wenn du viele Partys gibst.“

„Aber er ist nicht im Süden. Er ist hier im Wald!“

„Meinen Sie das ernst?“

„Ja, jedes Wort ist wahr. Gestern suchte ich nach einem toten Ast und Moos. Plötzlich war ich auf der anderen Seite des Waldes! Ich sang ‚Meisenknödel, Meisenknödel, Meisenknödel!‘ Da hörte ich eine traurige Stimme: ‚Ach, du meine Güte!‘
Auf einem Ast saß ein kleiner, gelber Vogel. Ich ging zu ihm hin. Es war ein Distelfink.
Er freute sich, mich zu sehen. Er erzählte seine Geschichte. Im Sommer hatte er Spaß
mit seiner Familie. Sie sangen und flogen zusammen. Als es kalt wurde, sagte sein Vater:
‚Wir müssen in den Süden.‘ Alle waren bereit, nur der kleine Distelfink nicht. Er wollte bleiben.
Sein Vater sagte: ‚Versuch es, aber finde einen warmen Platz.‘ Dann flog die Familie weg.
Der kleine Distelfink war allein. Zuerst war er glücklich. Die Sonne schien und es gab viele Samen.
Er sang schön für uns. Dann kam der kalte Wind. Eines Morgens schneite es.
Der leichte Schnee störte ihn nicht. Er fand noch Samen. Aber jetzt liegt viel Schnee.
Der kleine Vogel findet kaum noch Essen. Er braucht einen warmen Platz zum Schlafen.
Sonst wird er sterben.“

Mrs. Chickadee hielt kurz inne. Die Vögel waren sehr still. Man konnte die Kiefern flüstern hören.

Dann sprach sie weiter: „Ich tröstete den kleinen Vogel. Ich zeigte ihm, wo er Samen finden kann. Dann flog ich nach Hause. Es war Schlafenszeit. Ich steckte meinen Kopf unter meinen Flügel, um warm zu bleiben. Ich dachte nach und hatte einen Plan:

Wir Meisen haben ein warmes Zuhause in den Fichten. Die Äste halten Schnee und Kälte ab. Es gibt viel Platz. Distel kann hier den Winter verbringen. Er kann auf einem Ast sitzen. Wir Meisen werden ihn wärmen. Die Zapfen haben viele Samen. Wir können ihm einige Samen geben. Vielleicht lasst ihr Rotkehlchen ihn zu euren Kiefern kommen. Dann kann er eure Samen teilen. Downy Specht muss aufpassen, wenn er auf die Bäume hämmert. Wenn er Samen findet, sagt er uns Bescheid. Die Schneeammer ist nur ein Besucher. Ich erwarte nicht, dass sie hilft. Aber er sollte meinen Plan hören. Ihr werdet es doch versuchen, oder?"

„Kopf hoch, Kopf hoch, ter-ra-lee! Ja, wir werden es versuchen! Lasst uns gleich anfangen! Wer sucht die Distel?"

„Das werde ich", sagte das Rotkehlchen. Es flog zum anderen Ende des Waldes.

Dort fand es den Distelfink. Der Distelfink seufzte: „Der Winter ist so kalt. Ich bin hier ganz allein!"

„Kopf hoch, ich bin da!", rief das Rotkehlchen. „Ich bleibe hier. Egal, ob der Winter trostlos ist. Kopf hoch!"

„Aber der Schnee ist so tief", sagte der Distelfink.

Das Rotkehlchen antwortete: „Bald ist der Schnee weg. Was nützt der Blick in die Ferne? Kopf hoch!" Dann erzählte das Rotkehlchen dem Distelfink von ihren Plänen. Der Distelfink war überrascht. Er konnte es nicht glauben. Sie gingen zu Frau Meise. Sie sagte, es sei alles wahr.

Sie gaben dem Distelfink zu essen und wärmten ihn. Dann legten sie sich schlafen. Am Weihnachtsmorgen zwitscherten sie fröhlich. Der Distelfink versuchte, sich an ein fröhliches Lied zu erinnern. Da kam die Schneeammer mit schwirrenden Flügeln herunter.

„Ter-ra-lee, ter-ra-lee", sagte sie, „kannst du ein Stück fliegen?"

„Oh, ja", antwortete der Distelfink. „Ich denke, ich könnte weit fliegen."

„Dann kommt", sagte die Schneeammer. „Wer ein Weihnachtsessen will, folgt mir!"

Das war alles, was er sagte. Sie mussten ihm folgen. Bald kamen sie zum Waldrand. Dann kamen sie zu einem Bauernhaus. Die Schneeammer flog zur Veranda. Dort stand ein kleines Mädchen. Sie trug eine Kapuze und einen Mantel. Sie hatte Vogelfutter und Brotkrumen dabei. Das Mädchen sagte:

„Hier sind noch ein paar Vögelchen. Ihr bekommt auch etwas zu essen."
Die Vögel fraßen die Krümel. Sie lachte.

Nach dem Essen sagte Elsie: „Es wird ein kalter Winter. Kommt jeden Tag hierher zum Essen. Ich freue mich, euch zu sehen."

Die Rotkehlchen riefen: „Hurra, danke!"

Die Schneeammer zwitscherte: „Danke, danke!"

Die Chickadees sangen: „Wie freundlich du bist."

Der Distelfink sang sein Sommerlied:
„Swee-e-et-sweet-sweet-sweet-a-twitter-witter-witter-witter-wee-twea!"

Diese Geschichte beruht auf einer wahren Begebenheit. Andere Vögel nahmen tatsächlich einen einsamen Distelfink auf. Sie wärmten ihn. Dies wurde in der Nähe von Northampton, Massachusetts, beobachtet. Dort verbringen Rotkehlchen und andere Zugvögel manchmal den Winter.

Ein Weihnachtsstern

von Katherine Pyle

„Kommt, meine lieben kleinen Sterne“, sagte Mutter Mond. „Ich werde euch die Weihnachtsgeschichte erzählen.“ Jeden Morgen, eine Woche vor Weihnachten, rief Mutter Mond die kleinen Sterne zu sich. Sie erzählte ihnen eine Geschichte. Es war immer dieselbe Geschichte. Die Sterne wurden nicht müde, sie zu hören. Es war die Geschichte des Weihnachtssterns, des Sterns von Bethlehem. Wenn Mutter Mond die Geschichte beendet hatte, sagten die kleinen Sterne immer: „Und der Stern leuchtet immer noch, nicht wahr, Mutter Mond, auch wenn wir ihn nicht sehen können?“

Mutter Mond sagte: „Ja, es leuchtet jetzt für die Herzen der Menschen."

Die Sterne sagten gute Nacht. Sie setzten ihre blauen Mützen auf. Dann gingen sie schlafen.
Sie schlafen, wenn die Menschen aufwachen.

An diesem Morgen blieb ein goldener Stern bei Mutter Mond.

„Was ist los, kleiner Stern?", fragte Mutter Mond. „Warum gehst du nicht mit den anderen?"

„Oh, Mutter Mond", sagte der Stern. „Ich bin traurig! Ich möchte für ein Menschenherz leuchten wie der Wunderstern."

„Warum bist du nicht glücklich hier oben?", fragte Mutter Mond.

„Ich war glücklich", sagte der Stern. „Aber heute Abend muss ich ein Herz finden, für das ich leuchten kann."

„Wenn das so ist", sagte Mutter Mond, „dann ist es Zeit, dass du durch den Wunder-Eingang gehst."

„Der Wunder-Eingang? Was ist das?", fragte der Stern. Aber Mutter Mond antwortete nicht.

Sie stand auf und nahm den Stern an die Hand. Sie führte ihn zu einer Tür, die er noch nie gesehen hatte.

Mutter Mond öffnete die Tür. Es gab einen langen, dunklen Eingang.
Am Ende leuchtete ein kleiner Lichtfleck.

„Was ist das?", fragte der Stern.

„Das ist der Wundereingang", sagte Mutter Mond. „Ihr müsst hindurchgehen, um euer Herz zu finden."

Der kleine Stern hatte Angst. Er wollte durch den Eingang gehen. Er hatte sich noch nie so sehr etwas gewünscht. Trotzdem hatte er Angst und hielt sich an Mutter Mond fest.

Mutter Mond zog sanft ihre Hand weg. „Geh, mein Kind", sagte sie.

Der kleine Stern ging zitternd in den Wundereingang.
Die Tür des Himmelshauses schloss sich hinter ihm.

Plötzlich war der Stern in einem Spielzeugladen. Dort hingen viele blaue, rote und silberne Sterne. Der kleine Stern war golden. Der Laden roch nach Immergrün und war voller Weihnachtseinkäufer: Männer, Frauen und Kinder. Der Stern schaute nur einen kleinen Jungen vor der Ladentheke an.

Er wusste sofort: Er gehörte zu diesem Jungen.

Der kleine Junge stand neben einer Frau mit süßem Gesicht und einem langen schwarzen Schleier. Er schaute auf nichts Bestimmtes.

Der Stern zitterte an der Schnur, an der er hing. Er hatte Angst, das Kind könnte ihn nicht sehen. Oder das Kind erkennt ihn nicht als seinen Stern.

Die Frau hatte viele Spielsachen auf dem Tresen. Sie sagte: „Ich glaube, wir haben für jeden ein Geschenk. Die Puppe ist für Lou. Das Spiel ist für Ned. Die Spieluhr ist für May.
Dann haben wir noch das Schaukelpferd und den Schlitten."

Plötzlich packte der kleine Junge sie am Arm. „Oh, Mutter", sagte er. Er hatte den Stern gesehen.

„Was ist, Liebling?", fragte die Frau.

„Oh, Mutter, sieh den Stern dort oben! Ich möchte ihn haben."

„Wir haben schon viele Sachen für den Weihnachtsbaum", sagte die Mutter.

„Ja, aber ich will den Stern", sagte das Kind.

„Sehr gut", sagte die Mutter lächelnd. „Dann nehmen wir ihn auch mit."

Der Stern wurde heruntergenommen und in Papier eingewickelt. Der kleine Junge freute sich sehr.

Am Nachmittag vor Weihnachten wurde der Baum geschmückt. Sie packten den goldenen Stern aus.

„Hier ist noch etwas", sagte die Frau mit dem süßen Gesicht. „Das müssen wir an den Baum hängen. Paul hat es sehr gemocht."

„Ja", sagte ein anderer Helfer. „Wir hängen ihn ganz oben auf."
So hing der kleine Stern am höchsten Zweig des Weihnachtsbaums.

An diesem Abend brannten alle Kerzen am Weihnachtsbaum. Es waren viele Kerzen.
Sie leuchteten sehr hell. Die Kugeln, Feen und Glasfrüchte funkelten im Licht.
Oben leuchtete ein goldener Stern.

Um sieben Uhr läutete ein Glöckchen. Dann öffneten sich die Türen zum Raum mit dem Baum.
Viele Kinder kamen herein. Sie lachten und riefen. Sie zeigten auf Dinge und redeten miteinander.
Nach einer Weile gab es Musik. Die Geschenke wurden vom Baum genommen
und an die Kinder verteilt.

Der Stern war sehr glücklich. Der kleine Junge war da. Er stand abseits von den anderen Kindern. Er schaute zum Stern hinauf. Er hatte die Hände hinter dem Rücken. Er interessierte sich nicht für die Spielsachen und Spiele.

Endlich war alles vorbei. Die Lichter wurden gelöscht. Die Kinder gingen nach Hause. Es wurde still im Haus.

Die Ornamente am Baum begannen zu reden. Eine silberne Kugel sagte: „Das ist also alles vorbei. Es war sehr schön heute Abend."

Eine gläserne Weintraube sagte: „Ja, das Beste ist vorbei. Einige Tage lang werden noch Leute kommen und uns betrachten. Aber es wird nicht so sein wie heute Abend."

„Wir werden wohl wieder ein Jahr lang weggelegt", sagte eine Papierfee. „Das lohnt sich kaum. Ein paar Tage im Jahr und dann wieder in die dunkle Kiste. Ich wünschte, ich wäre eine Papierpuppe."

Die Traube hatte sich geirrt. Sie sagte, die Leute kommen bald, um den Weihnachtsbaum anzusehen. Doch der Baum stand verlassen in der Bibliothek. Niemand kam in seine Nähe. Alle im Haus waren leise und besorgt. Der kleine Junge war krank.

Eines Abends kam eine Frau mit einer Dienerin ins Zimmer. Die Frau trug eine Mütze und Schürze wie eine Krankenschwester. „Das ist er", sagte sie und zeigte auf den goldenen Stern. Der Diener stieg hinauf, nahm den Stern und gab ihn der Krankenschwester. Sie brachte ihn in ein Zimmer, wo der kleine Junge lag.

Eine Dame mit einem süßen Gesicht saß am Bett. Als die Krankenschwester hereinkam, hielt die Dame die Hand nach dem Stern aus. „Ist es das, was du wolltest, mein Schatz?", fragte sie und beugte sich über den Jungen. Das Kind nickte und streckte seine Hände nach dem Stern aus. Es umklammerte den Stern und lächelte strahlend.

Am nächsten Morgen war das Zimmer des kleinen Jungen sehr still und dunkel. Das goldene Papierstück lag auf dem Tisch. Es hatte fünf scharfe Spitzen. Es war nicht der echte Stern. Der echte Stern leuchtete im Herzen des Jungen. Der Junge war in ein schönes Himmelsland gegangen. Dort leben Kinderengel mit Sternen im Herzen.

Weihnachten für kleine Mädchen

von Winifred E. Lincoln

Es war Heiligabend. Ein kleines Mädchen hängte ihren Strumpf am Kamin auf. Der Strumpf war für den Weihnachtsmann, wenn er durch den Schornstein kam.

Sie wusste, dass er kommen würde. Es war Heiligabend. Er kam immer an Weihnachten. Er brachte immer Geschenke. Sie hatte seine Bilder in der Stadt gesehen. Trotzdem war sie nicht ganz zufrieden. Sie war ein wenig unsicher. Sie hatte ihn nie mit eigenen Augen gesehen. Es war schwer, an ihn zu glauben.

„Oh, er wird kommen", sagte das kleine Mädchen. „Ich weiß, dass er vor dem Morgen hier sein wird. Aber ich wünsche mir etwas."

„Was wünschst du dir?", fragte eine kleine Stimme in der Nähe.

„Ich möchte den Weihnachtsmann sehen. Ich möchte sein Haus und seine Werkstatt sehen. Ich möchte in seinem Schlitten fahren. Ich möchte die Frau des Weihnachtsmannes kennenlernen. Das wäre lustig. Dann wüsste ich es sicher."

„Warum gehst du dann nicht?", sagte die kleine Stimme. „Es ist einfach. Zieh diese Schuhe an und nimm dieses Licht in die Hand. Dann findest du den Weg."

Das kleine Mädchen schaute auf den Herd. Dort standen zwei kleine Schuhe. Ein kleiner Funke war in der Nähe. Es sah aus, als wären sie aus glühenden Kohlen gemacht. Das Mädchen wollte ihre Pantoffeln ausziehen. Sie wollte die Schuhe anprobieren. Die Schuhe sahen klein aus. Aber sie passten genau. Das Mädchen zog die Schuhe an und nahm das Licht in die Hand. Ein kleiner Wind kam. Das Mädchen flog den Schornstein hinauf. Sie flog mit vielen Funken hinaus ins Freie. Väterchen Frost und die Sterne machten die Welt schön für Weihnachten.

Das Mädchen ging immer höher. Sie sah aus wie ein kleiner Stern am Himmel. Es war lustig. Sie kannte den Weg genau. Sie musste nicht anhalten, um nach dem Weg zu fragen. Die Straße verlief geradeaus. Es war einfach, weil sie nicht abbiegen musste. Bald bemerkte das Mädchen ein helles Licht um sich herum. Das Licht machte sie sehr glücklich.

Was sie nicht wusste: Überall um sie herum flogenWeihnachtsgeister und Weihnachtsfeen. Sie konnte keinen von ihnen sehen. Ihre Augen waren sehr hell. Sie konnte normalerweise viel sehen. Das kleine Mädchen wollte lachen und singen. Sie erinnerte sich an den kranken Jungen nebenan. Sie wollte ihm am Morgen ein Bilderbuch bringen. Das sollte ihn glücklich machen.

Das Licht um sie wurde heller. Sie sah einen Weg vor sich. Der Weg führte zu einem großen Haus. Das Haus hatte viele Fenster. In jedem Fenster brannten rote, grüne und gelbe Kerzen. Sie wusste, das sind Weihnachtskerzen. Die Kerzen gaben ihr Licht auf dem Weg. Sie dachte, es sei das Haus des Weihnachtsmannes. Vielleicht würde sie bald den Weihnachtsmann sehen.

Als sie zur Treppe ging, öffnete sich die Tür. Ein kleines Männchen stand da. Es hatte schlanke Beine und einen runden Bauch. Der Bauch wackelte, wenn es lachte. Das Männchen war sehr glücklich. Es lachte und lächelte viel. Es zog seine rote Mütze ab und sagte: „Fröhliche Weihnachten! Kommt herein!"

Das kleine Mädchen ging hinein. Sie hielt die Hand des kleinen Mannes.
Drinnen brannte ein lustiges rotes Feuer. Viele kleine Männer und Frauen waren da.
Sie hießen „Frohe Weihnachten" und „Gute Besserung". Es waren sehr viele.
Das Mädchen konnte sie nicht zählen.

Überall standen Bündel, Kisten und Stapel von Spielzeug. Das kleine Mädchen verstand:
Alles war bereit. Die Sachen sollten in den großen Schlitten des Weihnachtsmannes.
Seine Rentiere bringen sie zu den Kindern. Die Kinder haben ihre Strümpfe bereitgelegt.
Bald trugen die Helfer die Pakete zur Treppe.

Das kleine Mädchen hörte Glocken und Hufe. Es hob ein paar Pakete auf und half mit.
Es wollte auch mithelfen. Im Hof stand der größte Schlitten, den das Mädchen je gesehen hatte.
Die Rentiere stampften und bimmelten mit ihren Glöckchen. Sie freuten sich sehr,
wieder auf die Erde zu kommen.

Sie konnte es kaum erwarten, dass der Weihnachtsmann kam. Sie fragte sich, wo er war.
Plötzlich öffnete sich die Tür. Viele Weihnachtsbäume kamen heraus. Es sah aus wie ein Wald.
Doch es waren viele Weihnachtswichtel. Jeder trug einen Baum oder Kranz auf dem Rücken.
Hinter ihnen hörte sie lautes Lachen. Eine fröhliche Stimme sprach. Sie wusste sofort,
dass der Weihnachtsmann kommen würde. Ihr Herz schlug schnell.
Ob der Weihnachtsmann sie bemerken würde?

Er sah sie sofort und sagte: „Wer ist das? Woher kommst du?" Das kleine Mädchen dachte,
sie hätte Angst zu antworten. Aber sie hatte keine Angst. Der Weihnachtsmann hatte freundliche Augen.
Sie fühlte sich glücklich und sagte: „Ich bin das kleine Mädchen. Ich wollte den Weihnachtsmann sehen.
Deshalb bin ich hier."

Der Weihnachtsmann lachte: „Ho, ho, ho! Du wolltest den Weihnachtsmann sehen,
also bist du gekommen! Das ist sehr nett. Es ist schade, ich habe es eilig.
Wir würden dir gerne alles zeigen. Wir würden dir eine schöne Zeit bereiten.
Es ist schon viertel vor zwölf. Ich muss sofort los. Sonst schaffe ich es nicht bis Mitternacht.
Ich muss die erste Schornsteinspitze erreichen. Ich würde die Weihnachtsfrau anrufen.
Sie könnte dir etwas zu essen bringen. Aber sie ist beschäftigt. Sie macht Puppenkleidung fertig.
Die Puppenkleidung muss vor dem Morgen fertig sein. Wir sollten sie nicht stören.
Gibt es etwas, das du dir wünschst, kleines Mädchen?"

Der Weihnachtsmann legte seine Hand auf die Locken des Mädchens.
Sie spürte seine Wärme und Güte. Obwohl der Weihnachtsmann es eilig hatte, hielt er kurz inne.
Er wollte jemandem eine Freude machen. Das kleine Mädchen lächelte den Weihnachtsmann an.

Sie sagte: „Weihnachtsmann, ich möchte mit dir reiten! Kann ich bitte mitkommen?
Ich brauche nicht viel Platz. Ich werde ganz still sein und nicht stören!"

Der Weihnachtsmann lachte laut und sagte: „Sie will mitfahren, oder? Sollen wir sie mitnehmen, kleine Elfen? Sollen wir sie mitnehmen, kleine Feen? Sollen wir sie mitnehmen, gute Rentiere?“

Die kleinen Elfen hüpften und brachten dem Mädchen einen Stechpalmenzweig.
Die kleinen Feen verbeugten sich und brachten ihr einen Mistelzweig.
Die guten Rentiere bimmelten laut mit ihren Glocken. Das bedeutete: „Ja, nehmen wir sie mit! Sie ist ein gutes Mädchen! Lasst sie reiten!“

Das Mädchen fand sich im großen Pelzmantel neben dem Weihnachtsmann.
Sie flogen los, hinaus in die Lüfte, über die Wolken. Sie flogen durch die Milchstraße und unter dem Griff des Großen Wagens hindurch. Sie flogen weiter zum Erdenland.
Das Mädchen sah die Lichter unter sich funkeln.

Bald spürte sie, wie die Kufen über etwas schrammten. Sie wusste, dass sie auf einem Dach waren.
Der Weihnachtsmann würde gleich in den Schornstein eines Hauses schlüpfen.

Wie gerne wäre sie auch hingegangen! Wenn du noch nie durch einen Schornstein geklettert wärst und gesehen hättest, wie der Weihnachtsmann die Strümpfe füllt, würdest du genauso gerne hingehen wie das Mädchen, nicht wahr?

Gerade als das Mädchen sich das wünschte, hörte es eine leise Stimme sagen:
„Halt dich an seinem Arm fest! Halt dich an seinem Arm fest!“

Das kleine Mädchen hielt den Arm des Weihnachtsmannes fest.
Der Weihnachtsmann nahm seinen Rucksack. Er vergaß, dass er schwerer war.
Plötzlich waren sie in einem Zimmer. Im Zimmer war ein Kamin. Am Kamin hingen Strümpfe.
Der Weihnachtsmann sollte die Strümpfe füllen.

Der Weihnachtsmann bemerkte das kleine Mädchen. Er hatte sie kurz vergessen.
Er war überrascht. „Wo kommst du her, kleines Mädchen?“ fragte er.
„Wie kommen wir beide wieder den Schornstein hinauf?“ fragte er besorgt.
„Runterrutschen ist leicht, aber hochklettern ist schwer.“

Das kleine Mädchen war sehr müde. Es hatte einen aufregenden Abend gehabt.
„Mach dir keine Sorgen, Weihnachtsmann,“ sagte sie. „Ich habe mich gut amüsiert.
Ich möchte noch eine Weile hier bleiben. Ich werde mich auf den Teppich legen und ein Nickerchen machen,“ sagte sie. „Der Teppich sieht warm und gemütlich aus.“
Dann erkannte sie den Raum. „Das ist mein Kinderzimmer!“ rief sie.
„Da ist mein Teddybär und meine Katze Bunny.“

Das kleine Mädchen drehte sich um. Sie wollte dem Weihnachtsmann danken.
Sie wollte sich auch verabschieden. Aber der Weihnachtsmann war weg.

Oder sie war schnell eingeschlafen. Sie wusste es nicht. Das nächste, woran sie sich erinnerte: Papa hielt sie in seinen Armen. Er sagte: „Was macht mein kleines Mädchen hier? Du musst ins Bett gehen. Es ist Heiligabend. Der Weihnachtsmann kommt nicht, wenn Kinder wach sind."

Das kleine Mädchen wusste es besser. Sie erzählte Papa alles. Sie erzählte von den Weihnachtsfeen. Sie erzählte von der schönen Fahrt mit dem Weihnachtsmann. Papa lachte und sagte: „Du hast geträumt, kleines Mädchen."

Aber das kleine Mädchen wusste es besser. Auf dem Kamin lag die kleine schwarze Kohle. Die Kohle hatte ihr zwei Schuhe und ein helles Licht geschenkt. In ihrer Hand hielt sie eine Stechpalmenbeere. Ein Weihnachtskobold hatte die Beere dort platziert. Sie lag auf dem Kamin, genau wie der Weihnachtsmann sie zurückgelassen hatte. Das war der beste Beweis.

Papa war nie ein kleines Mädchen gewesen. Er konnte nichts darüber sagen. Aber wir wissen, dass sie nicht geträumt hatte, oder?

Die verräterische Kachel

von Olive Thorne Miller

Eine Nachbarin besuchte Miss Bennett. Sie erzählte von einer Familie.
Die Familie war neu im Haus und hatte große Probleme.
„Man sagt, sie müssen ins Armenhaus", sagte die Nachbarin.

„Ins Armenhaus? Wie schrecklich! Auch die Kinder?", fragte Miss Bennett und schauderte.

„Ja, außer jemand adoptiert sie. Das ist aber unwahrscheinlich. Nun, ich muss gehen",
sagte die Nachbarin und stand auf. „Ich wünschte, ich könnte helfen.
Aber ich brauche mein Geld für meine Kinder."

„Ich habe auch nur genug für mich selbst", sagte Miss Bennett und schloss die Tür.
„Ich habe nur genug", wiederholte sie und nahm ihr Strickzeug.
„Ich kann kaum über die Runden kommen. Ich spare für Krankheit und Alter."

„Aber das Armenhaus!", sagte sie wieder. „Ich wünschte, ich könnte helfen."
Ihre Nadeln flogen schneller. „Ich könnte etwas aufgeben", sagte sie schließlich.
„Aber ich weiß nicht was, außer", sagte sie langsam, „außer meinen Tee. Aber das kann ich nicht tun."

Sie dachte lange nach. Dann entschied sie, sechs Monate auf ihren Genuss zu verzichten.
Sie wollte das Geld ihrer Nachbarin Frau Stanley schicken. Frau Stanley war in Not.
Sie hatte Frau Stanley nie gesehen, aber von ihr gehört.

Kristy, du hast viel Luxus. Du kannst dir kaum vorstellen, wie schwer das Opfer war.

An diesem Abend bekam Frau Stanley ein kleines Geldgeschenk.
Auf dem Umschlag stand „von einem Freund". Frau Stanley fragte: „Wer hat es geschickt?"
Sie lag im Bett.

Der Junge sagte: „Miss Bennett hat mir gesagt, ich solle nichts sagen." Da hatte er es schon verraten.

Am nächsten Tag saß Miss Bennett am Fenster und strickte.
Sie strickte oft für den Armenfonds der Kirche. Sie sah ein junges Mädchen zur Tür kommen.

Miss Bennett fragte sich: „Wer kann das sein? Ich habe sie noch nie gesehen."
Sie rief: „Herein!" Das Mädchen trat ein und ging zu Miss Bennett.

Das Mädchen fragte: „Sind Sie Miss Bennett?"

Miss Bennett lächelte und sagte: „Ja."

Das Mädchen sagte: „Ich bin Hetty Stanley." Miss Bennett war überrascht und lächelte.
Sie sagte: „Ich freue mich, dich zu sehen, Hetty. Möchtest du dich setzen?"

„Ja, wenn du willst", sagte Hetty und setzte sich. „Ich bin gekommen, um dir zu sagen, wie sehr wir dich lieb haben."

„Oh, nein, sag nichts mehr", unterbrach Miss Bennett, „das ist egal! Erzähl mir von deiner Mutter und deinem kleinen Bruder." Das war ein interessantes Thema. Sie redeten ernsthaft darüber.
Die Zeit verging schnell. Plötzlich war schon eine Stunde vergangen.
Als Hetty ging, bat Miss Bennett sie, wiederzukommen. Das hatte sie noch nie getan.
Sie mochte junge Leute normalerweise nicht. „Aber Hetty ist anders", dachte sie.

„Hast du dich bei Miss Bennett bedankt?", fragte Hettys Mutter zuhause.

Hetty blieb stehen: „Aber nein! Ich glaube nicht."

„Und bist du so lange geblieben? Was hast du gemacht? Sie soll normalerweise nicht sehr freundlich sein."

„Wir haben uns unterhalten. Ich finde sie sehr nett. Sie hat mich gebeten, noch einmal zu kommen; darf ich?"

„Natürlich darfst du, wenn sie es will. Ich würde mich freuen."
Dieser Besuch von Hetty war der erste von vielen Besuchen.

Fast jeden Tag ging sie zu dem einsamen Haus. Dort kam selten ein Besucher.
Eine seltsame Freundschaft entstand zwischen der alten und der jungen Frau.
Hetty lernte von ihrer Freundin das Stricken. Sie strickten viele Stunden zusammen.
Miss Bennett erzählte Geschichten aus ihrem Gedächtnis. Eines Tages holte sie zwei Bücher aus einer Truhe auf dem Dachboden. Diese Bücher hatte sie in ihrer Jugend besessen.
Sie zeigte Hetty die Bücher. Das eine Buch hieß „Thaddäus von Warschau".
Das andere Buch hieß „Schottische Häuptlinge". Hetty hatte nicht viele Bücher.
Diese Bücher waren für sie wertvoll. Sie las die Bücher selbst und auch Miss Bennett vor.
Miss Bennett war fast so begeistert wie Hetty.

Weihnachten rückte näher. Miss Bennett hatte seltsame, neue Gefühle.
Normalerweise dachte sie nicht viel über Weihnachten nach. Sie wollte Hetty einen schönen Tag bereiten. Sie hatte kein Geld. Also ging sie in die Mansarde. Dort waren ihre alten Schätze versteckt.
Aus der Truhe nahm sie ein kleines Kästchen aus hellem Holz. Auf dem Deckel war eine Gravur.

Frau Bennett seufzte. Der Anblick weckte alte Erinnerungen. Sie hob den Deckel an.
Sie nahm ein Päckchen mit alten Briefen heraus. Sie ging die Treppe hinunter.
Sie nahm auch helle Seide aus einem Bündel. „Ich kann es für eine Arbeitsbox einrichten", sagte sie.
„Ich bin sicher, es wird Hetty gefallen."

Miss Bennett arbeitete heimlich viele Tage. Sie versteckte ihre Arbeit, wenn Hetty kam.
Sie machte ein hübsches Nadelbuch, ein kleines Nadelkissen und einen Beutel zum Abreiben
in Erdbeerform. Sie fügte Nadeln, Stecknadeln und Faden hinzu.
Sie gab ihre kleine Schere dazu. Die Schere war sehr sauber.

Nur einen Fingerhut musste sie kaufen. Er kostete einen Pfennig. Er war aus Messing
und glänzte wie Gold. Das Kästchen sah sehr hübsch aus, als es voll war.
Im Boden lag ein gestepptes Futter. Darauf lagen die Dinge, die sie gemacht hatte.

Miss Bennett strickte auch Fäustlinge für Hettys Geschwister.
Am Weihnachtsmorgen war Hetty Stanley das glücklichste Mädchen der Stadt.

Zuerst schenkte sie den Kindern Fäustlinge. Die Kinder freuten sich sehr.
Dann lief sie zu Miss Bennett. Sie wollte ihr von der Freude erzählen.
Miss Bennett überraschte sie mit einer kleinen Arbeitsbox.
Weihnachten und Neujahr gingen schnell vorbei.

Mitte Januar kam eine schwere Zeit für Miss Bennett. Sie hatte Angst, hilflos zu sein.
Sie hatte kein Geld für Hilfe. Sie fürchtete das Armenhaus. Doch ihre gute Tat half ihr.
Eines Tages fand Hetty ihre Freundin am Boden. Hetty erschrak sehr. Sie holte Nachbarn und den Arzt.
Miss Bennett war nicht tot. Sie hatte einen leichten Schlaganfall. Bald ging es ihr besser.
Sie konnte sprechen und sich bewegen. Aber sie konnte nicht mehr allein leben.
Der Arzt erzählte das den Nachbarn. Auch Hetty hörte die Neuigkeiten.
Eine Frau sagte: „Sie kann hier nicht mehr leben. Sie muss ins Krankenhaus."

„Oder ins Armenhaus, was wahrscheinlicher ist", sagte ein anderer.

„Das wird ihr nicht gefallen", sagte der erste Redner.
„Ich habe gehört, wie sie vor dem Armenhaus Angst hatte."

„Sie wird niemals dorthin gehen", sagte Hetty mit leuchtenden Augen.

„Wer soll das verhindern?", fragte der zweite Sprecher und schaute Hetty böse an.

„Das bin ich", antwortete Hetty mutig. „Ich kenne Miss Bennetts Gewohnheiten.
Ich kann mich um sie kümmern. Das werde ich auch tun", sagte Hetty entschlossen.
Plötzlich sah sie Miss Bennetts fragenden Blick.

„Da! Sie versteht es! Es geht ihr besser!“, rief Hetty.
„Darf ich bleiben und mich um Sie kümmern, liebe Miss Bennett?“, fragte sie und lief zum Bett.

„Ja, das dürfen Sie“, sagte der Arzt, der den Blick seiner Patientin sah.
„Aber Sie dürfen sie jetzt nicht aufregen. Und jetzt, meine Damen“, er wandte sich an die anderen,
„ich denke, sie wird mit ihrer jungen Freundin hier zurechtkommen.
Sie ist ein aufmerksames und vorsichtiges Mädchen.“

Der Arzt gab Hetty Anweisungen, was sie tun sollte. Er sagte ihr, sie dürfe Miss Bennett nicht verlassen.
So wurde Hetty regelmäßig als Krankenschwester und Haushälterin eingesetzt.

Tage und Wochen vergingen. Miss Bennett konnte sitzen, reden, stricken und im Haus gehen.
Sie konnte nicht allein bleiben. Sie wollte Hetty immer sehen. Hettys Mutter half gern,
weil sie viele Kinder hatte. Es war schwer, zwei Personen zu ernähren.
Miss Bennett aß aber wenig und trank keinen Tee. So kamen sie zurecht.

Eines Tages saß Hetty am Feuer. Sie hatte eine Schachtel auf dem Schoß. Die Schachtel war leer.
Hetty sah etwas Staub auf dem Seidenfutter.

„Ich werde das abstauben“, sagte sie zu Miss Bennett. „Ist das in Ordnung?“

„Mach, was du willst“, sagte Miss Bennett. „Es gehört dir.“

Hetty hob die Seide vorsichtig an. Sie klebte ein wenig.
„Hier ist etwas darunter“, sagte Hetty. „Ein altes Papier mit Schrift.“

„Bring es mir“, sagte Miss Bennett. „Vielleicht ist es ein vergessener Brief.“
Hetty brachte das Papier.

„Das ist Vaters Schrift“, sagte Miss Bennett. Sie sah das Papier genau an.
„Was kann das bedeuten? Ich habe es nie gesehen. Da steht: ‚Seht, und ihr werdet finden‘
- das ist ein Bibeltext. Und was steht da drunter?“

„Ein Wort der Klugheit genügt. Ich verstehe das nicht. Er muss es selbst dort angebracht haben.
Ich habe das Futter nie herausgenommen. Ich dachte, es sei befestigt. Was kann das bedeuten?“
Sie dachte lange darüber nach. Sie schien den ganzen Tag geistesabwesend.

Nach dem Tee saßen sie vor dem Küchenfeuer. Nur der Feuerschein flackerte auf den Wänden.
Sie strickten, erzählten Geschichten oder unterhielten sich. Sie erzählte Hetty von ihrem Vater.
Sie hatten bequem in diesem Haus gelebt. Er hatte es selbst gebaut. Jeder dachte, er hatte viel Geld.
Man dachte, er würde genug hinterlassen. Doch dann starb er plötzlich. Und fand man nichts.
Bis heute hat man nichts gefunden.

„Einen Teil des Hauses habe ich deshalb an John Thompson vermietet, Hetty. Die Miete ist alles, wovon ich leben kann. Ich weiß nicht, warum ich heute Abend an die alten Zeiten denke."

„Jetzt weiß ich es", sagte Hetty. „Es ist dieses Papier. Es erinnert mich an etwas." Sie rief: „Es ist die Kachel dort drüben!" Sie sprang auf und lief zur Seite des Kamins. Sie legte ihre Hand auf eine bestimmte Kachel.

Auf jeder Seite des Kamins gab es eine Reihe von Kacheln. Darauf standen Bibelgeschichten. Miss Bennett erzählte Hetty oft davon. Hetty legte die Hand auf eine Kachel. Darauf war ein Bild von einer Frau vor einer Tür. Darunter standen die gleichen Worte wie auf dem gelben Zettel: Seht, und ihr werdet finden.

„Ich habe immer gemerkt, da ist etwas anders “, sagte Hetty.
„Dein Vater hatte mit dir darüber gesprochen. Er sagte, du sollst suchen, wenn er weg ist.“

„Ja, das hat er“, sagte Miss Bennett nachdenklich. „Er sprach viel darüber.
Ich verstehe es nicht …“ sagte sie langsam.

„Ich verstehe es!“, rief Hetty. „Ich glaube, du sollst hier suchen! Ich glaube, die Kachel ist locker!“
Sie versuchte, sie zu schütteln. „Sie ist tatsächlich locker!“ rief sie aufgeregt.
„Oh, Miss Bennett, darf ich es herausnehmen?“

Miss Bennett wurde blass. „Ja“, keuchte sie.

Hetty drückte die Kachel. Sie rutschte heraus und fiel auf den Boden.
Dahinter war eine Öffnung in der Wand. Hetty steckte ihre Hand hinein.

„Da ist etwas drin!“, sagte sie ehrfürchtig.

„Ein Licht!“, sagte Miss Bennett heiser. Es gab keine Kerze im Haus.
Hetty nahm eine Kerze aus dem Feuer. Sie hielt die Kerze hoch und schaute hinein.

„Das sieht aus wie verschnürte Säcke“, rief sie. „Komm her und sieh selbst!“„

Die alte Frau humpelte herbei. Sie griff in das Loch und holte einen Beutel heraus.
Der Beutel zerknitterte in ihren Händen. Aus dem Beutel kamen Goldstücke heraus.
Die Goldstücke fielen klirrend auf den Herd und rollten weg.

„Das Geld meines Vaters! Oh, Hetty“, sagte sie. Sie hielt sich an einem Stuhl fest, um nicht umzufallen.
Hetty war aufgeregt und sprach schnell.

„Oh, gut! Jetzt kannst du etwas zu essen haben! Wir können eine Kerze kaufen!
Du musst nicht ins Armenhaus gehen!“

„Nein, wirklich nicht, du liebes Kind!“ rief Miss Bennett. „Dank dir werde ich mich jetzt wohlfühlen.
Ich werde dich nie vergessen! Durch dich ist mir alles Gute passiert.“

„Oh, aber du warst so gut zu mir, liebe Miss Bennett!“

„Ich hätte es nie erraten, du liebes Kind! Du warst so schnell! Ich hätte es nie gefunden.“

„Und wenn du hast mir die Kiste gegeben. Sonst wäre sie vielleicht verrostet.“

„Danke Gott für alles, Kind! Nimm das Geld aus meinem Geldbeutel und kaufe eine Kerze.

Wir brauchen es jetzt nicht für Brot zu sparen.“

„Ach, Kind“, sagte sie, „morgen haben wir alles, was wir brauchen. Geh! Geh schon! Ich will sehen, wie viel da ist.“

Sie kauften eine Kerze, nahmen das Gold heraus und zählten es. Es war genug Geld für Miss Bennett. Sie musste das Kapital nicht anrühren. Das Gold wurde sicher aufbewahrt. Am Morgen wollte Miss Bennett es zur Bank bringen.

Miss Bennett konnte nicht schlafen. Sie plante viele Dinge. Sie wollte Kleider für Hetty kaufen. Sie wollte das Haus schöner machen. Sie wollte ein Mädchen einstellen, das Hetty hilft. Hetty sollte zur Schule gehen. Miss Bennett wollte Hetty zu einer guten Frau erziehen. Alle ihre Wünsche waren für Hetty.

Bald änderte sich alles im Haus von Miss Bennett. Sie adoptierte Hetty offiziell. Hetty wurde ihre Erbin. Ein Mädchen arbeitete nun in der Küche. Hetty ging in neuen Kleidern zur Schule. Das Haus war frisch gestrichen und hatte viele neue Dinge. Es war jetzt schön und hell.

Nichts konnte die Freundschaft der beiden Frauen ändern. Ihr Haushalt war sehr glücklich. Das Glück ist ein wunderbarer Arzt. Miss Bennett ging es besser. Sie konnte reisen. Hetty beendete die Schule. Sie reisten ein wenig. Dann lebten sie ruhig und sinnvoll.

„Ich verdanke Ihnen alles“, sagte Hetty eines Tages. Miss Bennett hatte etwas Neues vorgeschlagen.

„Ach, liebe Hetty, ich verdanke dir viel! Ohne dich wäre ich jetzt ein zitternder Bettler und obdachlos. Jemand anderes würde hier leben. Das alles verdanke ich verdanke ich diesem einen selbstlosen Gedanken, dieser einen Selbstverleugnung für andere.“

Eine Weihnachtsmatinee

von Mrs. M.A.L. Lane

Es war der Tag vor Weihnachten vor fast 150 Jahren. In Boston schneite es stark. Viele Leute kauften ein.
Der Sturm wurde stärker. Gruppen warteten an Straßenecken und Hauseingängen.
Sie warteten auf verspätete Autos. Aber Weihnachtsstimmung lag in der Luft. Niemand beschwerte sich.

Mütter schleppten ihre müden Kinder durch den Schneematsch.
Hübsche Mädchen eilten nach Hause und wollten dort die Feiertage genießen.
Hier und da trug ein Mann ein Paket und sah genervt aus. Aber alle waren insgesamt guter Dinge.

„Schulstraße! Schulstraße!", rief der Schaffner eines elektrischen Wagens. Eine Gruppe junger Leute stand auf. Ein junger Mann im Pelzmantel wurde wütend. Er sagte zum Schaffner: „Ich habe ‚Music Hall' gesagt, oder?", fragte er. „Jetzt müssen wir durch den Schnee zurücklaufen!"

„Ach, vergiss es, Frank!", sagte ein Mädchen. „Wir hätten selbst aufpassen müssen! Wir sind zu sechst und haben nicht aufgepasst! Es ist alles Mrs. Tirrells Schuld! Sie war zu unterhaltsam!"

Die junge Frau errötete und lächelte. „Das ist nett von dir, Maidie", sagte sie und hob ihre Röcke. „Das Kompliment macht den Fehler wieder gut. Aber wie es schneit!"

„Das spielt keine Rolle. Wir haben alle Gamaschen an", sagte Maidie Williams ruhig.

„Fahrpreise, bitte!", sagte der Schaffner stur. Frank Armstrong griff wütend in seine Tasche. „Hier ist Ihr Geld", sagte er. „Wechseln Sie es schnell, ja? Wir haben schon genug Zeit verloren!" Der Mann zählte das Wechselgeld mit roten Fingern. Er schloss die Lippen fest. Er zählte die sechs Fahrpreise genau ab. Dann gab er das Zeichen zur Weiterfahrt. Der Wagen fuhr weiter in den Sturm.

Armstrong lachte plötzlich. Er zählte schnell die Silberstücke in seiner Hand. Er drehte sich um. Aber zwei oder drei Autos standen schon zwischen ihm und dem Auto mit dem Schaffner. „Der Kerl muss ein Schwachkopf sein", sagte er. Er ging zurück zur Gruppe an der Kreuzung. „Er hat mir einen Dollar und zwanzig Cent zurückgegeben. Ich habe ihm nur einen Dollar gegeben."

„Oh, könnt ihr ihn nicht aufhalten?", rief Maidie Williams. Sie machte einen Schritt zurück auf die nasse Straße. Eine junge Harvard-Studentin mit Regenschirm protestierte: „Was soll das bringen, Miss Williams? Er wird es wieder gut machen, bevor er am Scollay Square ankommt. Diese Burschen verlieren nichts. Neulich gab ich einem einen Vierteldollar. Er ging einfach weg. ‚Wo ist mein Wechselgeld?', fragte ich. ‚Sie gaben mir einen Fünfer', sagte er. Niemand konnte schwören, dass ich es nicht getan habe, außer mir selbst, und ich habe nicht gezählt."

„Aber das macht doch keinen Unterschied", sagte das Mädchen freundlich.

„Nur weil ein Schaffner unehrlich war, müssen wir nicht unehrlich sein. Es ist Diebstahl."

„Ach, komm schon!", sagte ihre Cousine und lachte. „Die West End Corporation wird nicht hungern. Hier, Maidie, hier sind die fünfzig Cent. Du solltest uns nach dem Konzert verwöhnen. Ich werde dich nicht drängen. Ich bin unschuldig. Aber ich wünschte, du hättest kein schlechtes Gewissen."

Maidie wurde rot, aber sie ging ruhig weiter. Sie konnten das Auto nicht überholen. Das war klar.

„Hast du seine Nummer gesehen, Frank?“, fragte sie plötzlich.

„Nein, daran habe ich nicht gedacht“, sagte Frank und hielt kurz inne.
„Aber ich würde mich nicht beschweren. Morgen werde ich es vergessen.
Ich finde, man sollte nicht wütend schlafen gehen. Am nächsten Tag ist der Ärger oft weg.“

„Ich wollte mich nicht beschweren“, sagte Maidie. Aber die beiden jungen Männer lachten über den Scherz und hörten sie nicht.

Das große Tor der Music Hall lag vor ihnen. Bald war die Gruppe im warmen Gebäude und stampfte den Schnee weg. Die Mädchen richteten ihre Schleier und Hüte. Die Anstandsdame lächelte ihnen zu. Die jungen Männer zogen ihre nassen Mäntel aus. Maidie drehte sich plötzlich um.

„Mr. Harris“, sagte sie leise, „kommt der Wagen direkt vom Scollay Square zurück?”

„Welcher Wagen?“, fragte Walter Harris. „Oh, der, mit dem wir gekommen sind? Ja, ich denke schon. Die fahren ständig. Sind Sie krank, Miss Williams?“

Er klang besorgt. Maidie hatte eine süße Stimme und klare graue Augen. Sie war vielleicht nicht schön. Aber er mochte sie. Ihre Augen erinnerten ihn an seine Mutter.

„Nein“, sagte Maidie langsam. „Mir geht es gut, danke. Aber ich möchte diesen Mann wiederfinden. Manchmal müssen sie Fehler in Abrechnungen korrigieren. Ich fühle mich sonst nicht wohl.“

Frank Armstrong unterbrach sie. „Maidie“, sagte er ruhig, „du bist unvernünftig. Das Konzert beginnt in fünf Minuten. Es ist unklar, wann der Wagen zurückkommt. Du machst es uns allen schwer. Frau Tirrell, sagen Sie ihr, sie soll uns nicht den Nachmittag verderben?“

„Ich glaube, er hat recht, Maidie“, sagte Mrs. Tirrell. „Dein Mitleid mit dem Mann ist nett von dir. Aber er war unvorsichtig. Es war seine Schuld. Und denk daran, wie weit er uns hat laufen lassen! Meine Füße sind nass. Wir sollten reingehen. Sonst erkälten wir uns. Das willst du doch nicht, meine Liebe.“

Sie ging voran. Die beiden Mädchen und der junge Armstrong folgten ihr. Maidie zögerte. Es war einfach, hineinzugehen und im Licht und der Wärme alles zu vergessen.

„Nein“, sagte sie entschieden zu dem Mann, der auf sie wartete. „Ich muss zurückgehen und es wieder gut machen. Es tut mir leid, Mr. Harris. Aber können Sie ihnen das sagen?“

„Natürlich komme ich mit“, sagte der junge Mann schnell. „Ich habe den Mann nicht gesehen. Alleine könnte ich ihn nicht erkennen.“

Maidie lachte. „Ich will nicht das ganze Konzert verpassen, Mr. Harris. Frank hat alle Karten. Gehen Sie ihnen nach und versuchen Sie, mich mit ihnen zu versöhnen. Ich komme so schnell ich kann. Warten Sie nicht auf mich, bitte."

„Komm bitte nach der ersten Nummer zu mir. Lass' nicht zu, dass sie mich ausschimpfen", sagte sie fast weinend.

„Sie werden nichts sagen, Miss Williams", sagte Walter Harris bewundernd.

Aber sie war schon weg. Walter wusste, Warten macht es schlimmer. Er ging weiter in den Flur.

Der Wagen fuhr schwer über die nassen Schienen. Er war fast leer. Nur ein alter Mann und seine Pflegerin waren noch drin. Jim Stevens, der Schaffner, kam in den Wagen.

‚Schade, die jungen Leute wollten aussteigen. Und ich habe es vergessen', dachte er. ‚Ich weiß nicht, wie das passieren konnte. Der Mann sah aus, als wollte er sich beschweren. Ich kann es verstehen. Ich hätte mich entschuldigt. Aber er hat so scharf geredet. Hoffentlich beschwert er sich jetzt nicht. Es wäre schlecht für mich. Mary und das Baby sind krank. Ich bin zu müde, um gut zu sein. Drei Nächte ohne Schlaf und tagsüber arbeiten macht müde. Die Miete ist bezahlt, das ist gut. Aber ich habe kaum Geld übrig … Hallo!'

Er erinnerte sich plötzlich an die Münzen. „Ich habe ihm fünfzig Cent zu viel gegeben!"
Er sah auf das Zifferblatt für die Fahrpreise. Dann zählte er das Wechselgeld in seiner Tasche.
Er wusste, wie viel Geld er am Anfang hatte. Er zählte sorgfältig. Dann griff er in die Tasche seines Mantels. Vielleicht war dort ein halber Dollar. Nein, die Tasche war leer!
Widerwillig nahm er es hin. Fünfzig Cent zu wenig, zehn Fahrkarten!
Das Geld ist in der Tasche des jungen Mannes mit dem Pelzkragen!
Die Hand des Schaffners zitterte, als er das Geld wieder einsteckte. Was bedeutete das?
Er holte tief Luft.

‚Heiligabend! Ein kleines, dunkles Zimmer im ersten Stock eines lauten Hauses. Eine blasse, dünne Frau auf einem alten Sofa. Sie versucht, ein unruhiges Kind zu beruhigen. Das Kind ist auch dünn und blass und hustet stark. Im Ofen brennt ein kleines Feuer. Die Kohle ist fast aufgebraucht. Die Medizin steht auf dem Regal. „Die Medizin wird nicht viel helfen", sagte der Arzt, „er braucht Fleisch und Sahne."'

Jims Herz wurde schwer bei diesem Gedanken. Er konnte fast hören, wie das Baby fragte: „Kommt Papa nicht bald? Nicht wahr, Mama?" „Armes kleines Kind!" sagte Jim leise zu sich selbst.

‚Ich habe nichts, was ich ihm nach Hause bringen kann. Auch nicht Marys Veilchen. Das wird das erste Weihnachten ohne Geschenke sein. Der Mann würde die Veilchen lächerlich finden. Er versteht nicht, was die Blumen für Mary bedeuten. Vielleicht hat er nicht gemerkt,

dass ich ihm zu viel geschenkt habe. Diese Leute wissen nicht, wie viel sie haben. Sie nehmen es einfach, als wäre es nichts.‘

Der Schaffner ging hinaus in den Schnee. Er half der Krankenschwester mit dem alten Herrn. Dann fuhr der Wagen wieder los. Jim zog seinen Mantelkragen hoch und stampfte mit den Füßen. Da war der Blumenladen für die Veilchen. Der Spielzeugladen war gleich um die Ecke.

Ein Gedanke kam ihm in den Sinn. Viele Männer würden es tun. Sie tun es jeden Tag. Niemand würde es merken. Der Wagen wird auf der Heimfahrt voll sein. Ich brauche nicht bei jedem Fahrgast zu klingeln. Dann spare ich heimlich Geld. Aber Mary! Sie würde diese Veilchen nicht anfassen, wenn sie es wüsste. Und sie würde es wissen. Ich müsste es ihr sagen. Ich könnte es nicht vor ihr verheimlichen.

Mit einem seltsamen Gefühl sprang er auf, um den Wagen zu richten. Es konnte doch nicht wirklich an diesem Heiligabend mit leeren Händen nach Hause gehen.

Alle müssen wegen seiner Unachtsamkeit leiden. Es war seine Schuld. Es war hart. Er war sehr müde. Seine Augen waren verschwommen. Er sah Menschen ins Auto drängen. Was war das? Sollte er weinen? Er war ein großer Mann von 30 Jahren.

‚Es hat keinen Sinn‘, dachte er. ‚Ich konnte es nicht tun. Das erste Mal schenkte ich Mary Veilchen. Sie sagte, sie wolle mich heiraten. Ich sagte, ich würde mein Bestes tun. Sie sollte stolz auf mich sein. Sie wäre nicht stolz auf einen Betrüger. Sie würde lieber hungern als Schulden haben.‘

Er kassierte ruhig Fahrpreise. Die Versuchung war vorbei. Noch sechs Haltestellen, dann neun ohne Zögern. Er stellte sich vor, dass die Glocke lauter läutete. Der Wagen hielt an. Jim öffnete die Tür mit Schwung. Er fühlte sich bereit für die Welt. Aber das Baby … sein Arm wurde schwer.

Er drehte sich um und wollte einem jungen Mädchen helfen. Sie wartete auf der Treppe. Durch den Schnee sah er ihr Gesicht. Ihre Augen erkannten ihn schnell. Er hatte sie vorher schon mal gesehen.

Er wusste es sofort.
„Es war ein Fehler“, sagte sie leise. „Sie haben uns zu viel Wechselgeld gegeben. Hier ist es.“
Sie gab Jim das Silberstück.

Er nahm es benommen. Würde die junge Dame ihn für verrückt halten? Er musste etwas sagen. „Danke, Miss“, stammelte er. „Ich dachte, es wäre weg. Und da ist das Baby. Es ist Heiligabend. Meine Frau ist krank. Sie können das nicht verstehen.“

Natürlich konnte sie es nicht verstehen.

„Aber ich schon“, sagte sie einfach. „Das hatte ich befürchtet. Ich dachte, vielleicht gibt es ein Baby. Also habe ich mein Weihnachtsgeschenk für sie mitgebracht.“ Etwas anderes fiel in Jims Hand.

„Worauf wartest du?“, rief der Zugführer. Das Mädchen war im Schnee verschwunden. Jim läutete die Glocke und fuhr weiter. Er sah auf zwei glänzende halbe Dollars in seiner Hand.

„Ich hatte keine Gelegenheit, es ihr zu sagen“, erklärte er seiner Frau später. Er saß in einem kleinen Schaukelstuhl. „Unser Baby wird ja kein Mädchen. Aber wird so vielleicht so ein reizendes Kind wie die junge Frau. Ich weiß nicht, aber ich wünschte fast, es wäre ein Mädchen.“

„Armer Jim“, sagte Mary und lachte leise. Sie streichelte seine Wange. „Du bist bestimmt müde.“

„Ich denke“, sagte er und streckte seine Beine aus, „sie hatte Tränen in den Augen. Ich war selbst den Tränen nahe.“

Im kleinen Zimmer roch es nach Veilchen. Der Junge schlief im Bett. Er hielt ein Spielzeugpferd fest.

„Gott segne sie!“, sagte Mary leise.

„Miss Williams“, sagte Walter Harris, als er auf eine schneebedeckte Person zuging. „Sie haben ihn gefunden. Sie haben die erste Nummer verpasst. Aber niemand wird schimpfen.“

Das Mädchen lächelte ihn an. „Danke“, sagte sie und schüttelte den Schnee von ihrem Rock. „Das ist mir egal. Ich hätte mehr verloren, wenn ich geblieben wäre.“

Warum das Glockenspiel läutete

von Raymond Mc Alden

In einem fernen Land gab es eine wunderbare Kirche. Sie stand auf einem hohen Hügel in einer großen Stadt. Jeden Sonntag und an Feiertagen kletterten viele Menschen den Hügel hinauf. Sie gingen zu den großen Torbögen. Die Menschen sahen aus wie eine Ameisenstraße.

Im Gebäude gab es steinerne Säulen und dunkle Gänge. Es gab einen großen Eingang zum Hauptraum der Kirche. Der Raum war sehr lang. Wenn man an der Tür stand, konnte man kaum das andere Ende sehen. Dort stand der Chor am Marmoraltar. In der hintersten Ecke war die Orgel. Sie war sehr laut. Manchmal schlossen die Leute im Umkreis von vielen Kilometern ihre Fensterläden. Sie bereiteten sich auf ein großes Gewitter vor.

Man hatte so eine Kirche noch nie gesehen. Besonders schön war sie bei Festen. Dann war sie beleuchtet und voll mit Menschen. Das Seltsamste war das Läuten der Glocken.

An einer Ecke stand ein großer grauer Turm. Der Turm war mit Efeu bewachsen. Der Turm war sehr hoch. Man konnte die Spitze nur bei schönem Wetter sehen. Die Steine und der Efeu kletterten immer höher. Niemand wusste, wie hoch der Turm war. Die Männer, die die Kirche gebaut hatten, waren schon lange tot.

Auf der Spitze des Turms hingen Weihnachtsglocken. Diese Glocken hingen dort seit dem Bau der Kirche. Sie waren die schönsten Glocken der Welt. Manche sagten, ein großer Musiker habe sie gemacht. Andere meinten, es liege an der großen Höhe des Turms. Alle waren sich einig: Das Läuten war das schönste der Welt. Manche sagten, es klänge wie Engel im Himmel. Andere sagten, es klänge wie Winde in den Bäumen.

Seit vielen Jahren hatte niemand die Glocken gehört. Ein alter Mann wohnte nahe der Kirche. Seine Mutter hatte die Glocken als Kind gehört. Er war sicher, dass es stimmte. Es war ein Weihnachtsglockenspiel. Menschen spielten es nicht. Es erklang nur an Heiligabend. An diesem Tag brachten die Leute Geschenke für das Christkind. Die größte und beste Gabe soll die Glocken erklingen lassen. Der Chor sang dazu. Manche sagten, der Wind spielte die Glocken. Andere glaubten, Engel spielten sie. Viele Jahre hörte man die Glocken nicht mehr. Die Leute gaben weniger sorgfältige Geschenke. Keine Gabe war groß genug für die Glocken.

An jedem Heiligabend kamen viele reiche Leute zur Kirche. Jeder wollte das beste Geschenk bringen. Sie gaben nichts, was sie selbst wollten. Die Kirche war voll mit Menschen. Alle hofften, die Glocken zu hören. Der Gottesdienst war prächtig. Es gab viele Geschenke. Doch man hörte nur den Wind im Turm.

Pedro und sein kleiner Bruder lebten in einem Dorf. Die Stadt war weit weg. Sie konnten nur den Kirchturm sehen, wenn das Wetter schön war. Sie wussten wenig über das Weihnachtsgeläut. Sie hatten von dem Gottesdienst am Heiligen Abend gehört. Sie hatten einen geheimen Plan. Sie wollten die Feier besuchen.

Pedro sagte oft: „Niemand kann es erraten, kleiner Bruder. Es gibt dort viel Schönes zu sehen und zu hören. Ich habe gehört, dass das Christuskind manchmal kommt. Was wäre, wenn wir es sehen könnten?“

Der Tag vor Weihnachten war sehr kalt. Ein paar Schneeflocken flogen durch die Luft. Der Boden war hart und weiß. Pedro und sein Bruder schlichen sich am Nachmittag leise davon. Es war schwer zu gehen. Aber sie hielten sich an den Händen. Vor Einbruch der Nacht sahen sie die Lichter der Stadt.

Sie wollten durch ein großes Tor in die Stadt gehen. Dann sahen sie etwas Dunkles im Schnee. Sie traten zur Seite, um es zu betrachten. Es war eine arme Frau. Sie war kurz vor der Stadt gestürzt. Sie war zu krank und müde, um weiterzugehen.

Der weiche Schnee war wie ein Kissen. Bald würde sie fest schlafen. Niemand konnte sie dann wieder wecken. Sie wird sterben. Pedro sah das sofort. Er kniete neben ihr. Er versuchte, sie zu wecken. Er zog leicht an ihrem Arm. Er wollte sie wegtragen. Er drehte ihr Gesicht zu sich. Er rieb ihr Gesicht mit Schnee ab. Er sah sie kurz an. Dann stand er auf. Er sagte: „Es ist alles in Ordnung."

„Es hat keinen Sinn, kleiner Bruder. Du musst alleine weitergehen."

„Allein?", fragte der kleine Bruder. „Und du siehst das Weihnachtsfest nicht?"

„Nein", sagte Pedro. Seine Stimme zitterte leicht. „Sieh dir diese Frau an. Ihr Gesicht sieht aus wie das der Madonna im Kapellenfenster. Sie wird erfrieren, wenn niemand ihr hilft. Alle sind jetzt in der Kirche. Wenn du zurückkommst, bring jemanden mit, der ihr hilft. Ich werde sie abreiben, damit sie nicht erfriert. Vielleicht isst sie das Brötchen aus meiner Tasche."

„Aber ich kann dich nicht allein lassen", sagte der kleine Bruder.

„Wir müssen nicht beide den Gottesdienst verpassen", sagte Pedro. „Es ist besser, wenn ich bleibe. Du findest den Weg zur Kirche leicht. Du musst alles zweimal sehen und hören. Einmal für dich und einmal für mich. Ich bin sicher: Das Christuskind weiß, dass ich gerne mit dir kommen würde. Wenn du kannst, geh zum Altar. Nimm dieses kleine Silberstück von mir. Lege es als meine Gabe hin, wenn niemand hinsieht. Vergiss nicht, wo du mich zurückgelassen hast. Vergib mir, dass ich nicht mit dir gegangen bin."

Er schaute dem kleinen Bruder nach. Er zwinkerte ihm zu, um die Tränen zu verbergen. Er hörte die Schritte des Bruders in der Dämmerung. Es war schwer, die Weihnachtsfeier zu verpassen. Er hatte sie lange geplant. Stattdessen musste er an diesem einsamen Ort im Schnee bleiben.

Die große Kirche war an diesem Abend wunderschön. Alle sagten, sie war noch nie so hell und schön. Die Orgel spielte und viele Menschen sangen. Die Mauern bebten. Der kleine Pedro spürte das Beben außerhalb der Stadtmauer.

Am Ende des Gottesdienstes kam die Prozession mit den Gaben. Reiche und wichtige Männer brachten ihre Gaben zum Altar.

Einige brachten schöne Juwelen. Andere brachten Körbe mit Gold. Die Körbe waren sehr schwer. Ein großer Schriftsteller legte ein Buch nieder. Er hatte jahrelang daran gearbeitet. Dann kam der König des Landes. Er wollte auch das Läuten der Weihnachtsglocken hören.

Die Leute in der Kirche murmelten. Der König nahm seine Krone ab. Die Krone hatte viele Edelsteine. Er legte die Krone auf den Altar. Er schenkte sie dem Heiligen Kind. „Jetzt hören wir die Glocken“, sagte jeder. Aber es war nur der kalte Wind zu hören. Die Leute schüttelten den Kopf. Einige sagten, sie glaubten nicht an die Geschichte mit den Glocken. Sie dachten, die Glocken haben nie geläutet.

Die Prozession war zu Ende. Der Chor sang das Schlusslied. Plötzlich hörte der Organist auf zu spielen. Alle schauten auf den alten Pfarrer. Er stand am Altar und hob die Hand. Es war ganz still in der Kirche. Alle lauschten gespannt. Dann erklangen leise die Glocken im Turm.

Die Musik war weit weg, aber klar. Sie war süßer als alles bisher Gehörte. Die Menschen in der Kirche saßen still. Es fühlte sich an, als hielte sie jemand fest. Dann standen alle auf. Sie schauten zum Altar. Sie wollten sehen, was die Glocken geweckt hatte.

Sie sahen nur den kleinen Bruder. Er war leise den Gang hinunter geschlichen. Er hatte Pedros kleines Silberstück auf den Altar gelegt.

Die Holzschuhe des kleinen Wolff

von Francois Coppée

Es war einmal ein kleiner Junge namens Wolff. Er war sieben Jahre alt. Seine Eltern waren tot. Er lebte bei einer bösen alten Tante. Sie war geizig und küsste ihn nur einmal im Jahr. Sie seufzte jedes Mal, wenn sie ihm Suppe gab.

Wolff hatte ein liebes Wesen. Er liebte die alte Frau trotzdem. Er hatte aber auch Angst vor ihr. Ihr Gesicht machte ihm Angst und er zitterte bei ihrem Anblick.

Die Tante von Wolff hatte ein Haus und viel Gold. Sie schickte Wolff nicht in eine kostenlose Schule. Sie wollte Geld sparen und stritt mit dem Lehrer. Der Lehrer war böse und bestrafte Wolff oft. Die reichen Kinder lachten Wolff aus. Wolff war sehr unglücklich. Er weinte oft zur Weihnachtszeit.

Der Lehrer brachte die Kinder zur Mitternachtsmesse. Danach brachte er sie nach Hause. Der Winter war sehr kalt und es schneite viel. Die anderen Kinder trugen warme Kleidung. Sie hatten Pelzmützen, dicke Jacken, Handschuhe und feste Stiefel. Wolff hatte nur dünne Kleidung und Holzschuhe. Er fror sehr.

Seine frechen Freunde sahen sein trauriges Gesicht. Sie machten viele Witze über ihn. Der kleine Junge blies auf seine Finger. Er hatte Frostbeulen und beachtete die Witze nicht. Die Gruppe ging zwei und zwei hinter dem Lehrer zur Kirche.

In der Kirche war es warm. Kerzen brannten und erhellten den Raum. Die Jungen flüsterten leise miteinander. Sie freuten sich auf den Spaß zu Hause. Der Sohn des Bürgermeisters hatte eine große Gans gesehen. Die Gans war schon zum Braten vorbereitet. Im Haus des Ratsherrn stand ein kleiner Tannenbaum. Der Baum war mit Orangen, Süßigkeiten und Spielzeug geschmückt. Die Köchin des Anwalts hatte ihre Mütze sorgfältig aufgesetzt. Sie machte das nur bei etwas Gutem.

Die Kinder sprachen über das Christkind. Sie freuten sich auf Geschenke. Sie legten ihre Schuhe in den Kamin. Ihre Augen funkelten vor Freude. Sie dachten an rosa Tüten mit Süßigkeiten. Sie dachten an die kleinen Bleisoldaten. Sie dachten an Holzspielzeuge und Hampelmänner.

Der kleine Wolff hatte eine strenge Tante. Sie schickte ihn oft ohne Abendessen ins Bett. Trotzdem hoffte Wolff auf das Christkind. Er war das ganze Jahr brav gewesen. Er wollte seine Schuhe in den Kamin stellen.

Nach der Mitternachtsmesse verließen die Leute die Kirche. Die Schüler gingen immer zu zweit. Sie folgten ihrem Lehrer.

Auf der Veranda schlief ein Kind. Es trug ein weißes Wollkleid.
Seine Füße waren nackt, obwohl es kalt war. Es war kein Bettler. Sein Kleid war neu und weiß.
Neben ihm lag ein Bündel mit Werkzeugen.

Im Licht der Sterne strahlte sein Gesicht. Seine Augen waren geschlossen.
Seine blonden Locken sahen aus wie ein Heiligenschein. Seine kleinen Füße waren blau vor Kälte.
Die gut gekleideten Jungen gingen an ihm vorbei. Einige reiche Jungen sahen das Kind verächtlich an.
Der kleine Wolff kam als Letzter aus der Kirche. Er blieb vor dem schlafenden Kind stehen.
„Oh je“, sagte Wolff, „das ist furchtbar!“ Der Junge hat keine Schuhe oder Strümpfe.
Er hat nicht einmal einen Holzschuh für Geschenke. Wolff zog seinen rechten Holzschuh aus.
Er legte ihn vor das Kind. Dann ging er nach Hause zu seiner Tante. Seine Socke war nass vom Schnee.

„Sieh dir den Taugenichts an!", rief die alte Frau wütend. „Was hast du mit deinem Schuh gemacht?"

Der kleine Wolff wusste nicht, wie er lügen sollte. Er zitterte vor Angst.
Die alte Spitzmaus war sehr wütend. Wolff versuchte, sein Abenteuer zu erzählen.
Die alte Frau lachte laut.

„Aha! Du gibst deine Schuhe den Bettlern! Aha! Du teilst deine Schuhe für einen Barfußläufer!
Das ist wirklich etwas Neues. Ich stelle den übrigen Schuh in den Schornstein.
Das Christkind wird etwas hineinlegen; damit kann es dich morgen schlagen!
Und morgen bekommst du nur eine Brotkruste und Wasser. Und wir werden sehen,
ob du beim nächsten Mal dem erstbesten Vagabunden deine Schuhe gibst."

Die böse Frau drückte Wolff die Ohren zu. Dann schickte sie ihn auf den Dachboden.
Dort war sein Versteck. Wolff ging verzweifelt ins Bett. Er schlief bald ein.
Sein Kopfkissen war nass von Tränen.

Aber aufgepasst! Am nächsten Morgen wachte die alte Frau früh auf. Es war kalt.
Sie ging die Treppe hinunter. Sie sah den Kamin. Und Wunder über Wunder:
Er war über und über voll glänzendem Spielzeug, Tüten mit herrlichen Bonbons
und Reichtümern aller Art. Vor diesen Schätzen stand der rechte Holzschuh,
den der Junge dem kleinen Vagabunden geschenkt hatte. Und daneben der Schuh,
den sie in den Schornstein gestellt hatte, um den Rutenstrauß zu halten.

Der kleine Wolff hörte die Schreie seiner Tante. Er kam schnell. Er freute sich über die Geschenke.
Draußen hörte man Gelächter. Die Frau und das Kind gingen hinaus. Sie wollten wissen, was los war.
Alle Klatschtanten der Stadt standen um den öffentlichen Brunnen herum.

Was war passiert? Oh, eine höchst lächerliche und außergewöhnliche Sache!
Die Kinder der reichen Männer hatten nur Ruten in ihren Schuhen gefunden.
Die alte Frau und das Kind bekamen Angst. Sie dachten an die Schätze im Schornstein.
Aber plötzlich kam der Priester. Er sah sehr erstaunt aus. Der Priester fand einen goldenen Kranz.
Der Kranz war in die Steine eingemauert. Er befand sich über der Bank bei der Kirchentür.
Genau dort, wo das Kind geschlafen hatte. Es war kalt in der Nacht. Das Kind trug ein weißes Gewand
und hatte nackte Füße. Er trug die Werkzeuge eines Zimmermanns mit sich. Jesus war Zimmermann.
Alle bekreuzigten sich andächtig. Sie hatten verstanden. Das war das Kind Jesus von Nazareth.
Jesus war an Weihnachten für eine Stunde zurück auf die Erde gekommen.
Alle verneigten sich ehrfürchtig vor diesem Wunder. Gott hatte das Wunder vollbracht.
Er belohnte den Glauben und die Liebe eines kleinen Jungen.

Die Legende von Baboushka

angepasst aus dem Russischen

Es war die Nacht, in der das Christuskind nach Bethlehem kam.

In einem fernen Land lebte eine alte Frau. Sie hieß Baboushka. Sie saß in ihrem kleinen Haus am warmen Feuer. Draußen wehte der Wind und es schneite. Der Wind machte Baboushkas Feuer noch heller.

„Ich bin froh, dass ich drinnen bin“, sagte Baboushka. Sie wärmte ihre Hände am Feuer.
Plötzlich hörte sie ein lautes Klopfen an der Tür. Sie öffnete die Tür.
Drei alte Männer standen draußen im Schnee. Ihre Bärte waren weiß und lang.
Ihre Augen leuchteten freundlich im Kerzenlicht. Sie trugen Kästchen mit Juwelen und duftenden Ölen.

„Wir sind weit gereist, Baboushka“, sagten sie. „Ein kleiner Prinz wurde in Bethlehem geboren.
Er wird die Welt regieren. Er wird die Menschen lehren, liebevoll zu sein. Wir bringen ihm Geschenke.
Komm mit uns, Baboushka.“

Baboushka schaute auf den Schnee und dann auf ihr gemütliches Zimmer.
„Es ist zu spät für mich“, sagte sie. „Das Wetter ist zu kalt.“ Sie ging wieder hinein und schloss die Tür.
Die alten Männer reisten ohne sie weiter nach Bethlehem.

Baboushka saß am Feuer. Sie dachte an das Christkind. Sie liebte Babys.

„Morgen suche ich das Christkind“, sagte sie. „Ich bringe ihm Spielsachen.“

Am Morgen zog Baboushka ihren Mantel an. Sie nahm ihren Stab. Sie füllte ihren Korb mit Spielsachen.
Dann ging sie los, um das Christkind zu finden.

Baboushka hatte die drei alten Männer nicht nach dem Weg gefragt. Sie reisten in der Nacht weit weg.
Baboushka konnte sie nicht einholen.

Sie lief durch Wälder, Felder und Städte. Sie fragte jeden: „Wo ist das Christkind?
Ich bringe ihm Spielsachen.“

Niemand wusste den Weg. Alle sagten: „Weiter, Baboushka, weiter.“

Sie reiste viele Jahre. Sie fand das Christkind nicht.

Man sagt, Baboushka sucht immer noch. Am Heiligen Abend kommt sie leise durch die Felder
und Städte. Sie trägt ihren langen Mantel und ihren Korb.

Mit ihrem Stab klopft sie an die Türen. Sie geht hinein. Sie hält ihre Kerze an die Gesichter der Kinder.
„Ist er hier?“, fragt sie. „Ist das Christkind hier?“ Dann geht sie traurig weg. Sie weint:
„Weiter weg, weiter weg!“ Bevor sie geht, nimmt sie ein Spielzeug aus ihrem Korb.
Sie legt es neben das Kopfkissen. „Für ihn“, sagt sie leise. Dann sucht sie weiter nach dem Christkind.

Weihnachten in der Scheune

von F. Arnstein

Nur noch zwei Tage bis Weihnachten! Es hatte stark geschneit. Johnny stand am Fenster.
Er sah den weichen, weißen Schnee. Der Schnee bedeckte den Boden einen halben Meter tief.
Plötzlich hörte er Räder auf der Straße. Ein Wagen bog am Tor ein und fuhr am Fenster vorbei.
Johnny war neugierig, was der Wagen bringen würde.
Er drückte seine Nase an die kalte Fensterscheibe.
Zu seiner Überraschung sah er zwei große Weihnachtsbäume.
Johnny wunderte sich, warum es zwei Bäume waren.
Er wollte schnell zu Mama laufen und es ihr erzählen.
Dann fiel ihm ein, dass Mama nicht zu Hause war. Sie war in die Stadt gegangen,
um Weihnachtsgeschenke zu kaufen. Sie würde erst sehr spät zurückkehren.

Johnny fror an Zehen und Fingern. Er stand lange am Fenster.
Er zog seinen kleinen Stuhl zum Kamin. Er saß still und dachte nach.
Spooky, seine Katze, lag in der warmen Ecke. Er sprang auf und ging zu Johnny.
Er rieb seinen Kopf an sein Knie. Johnny streichelte ihn sanft. Er erzählte ihm seine Gedanken.

Johnny dachte über die zwei Bäume nach. Er hatte eine Meinung dazu.
„Ich weiß jetzt, Spooky", sagte er. „Papa wollte einen Baum für mich kaufen.
Mama hörte das nicht und kaufte auch einen Baum.
Aber was machen wir mit zwei Weihnachtsbäumen?"

Spooky sprang auf seinen Schoß und schnurrte. Johnny hatte eine Idee.
„Willst du einen Baum, Spooky?" Spooky schnurrte lauter, als ob er Ja sagte.

„Oh, das werde ich tun, wenn Mama es erlaubt.
Ich werde einen Baum für dich und die Haustiere aufstellen.
Dann seid ihr alle glücklich wie ich mit meinem Baum."

Es war inzwischen spät geworden. Da klingelte es an der Tür.
Johnny rannte schnell zu Papa und Mama. Er gab ihnen einen Kuss.
Am Abend erzählte er ihnen von seinem Tag. Er sprach auch von zwei großen Bäumen.
Ein Mann hatte die Bäume gebracht. Papa und Mama hatten je einen Baum gekauft.
Es war kurz vor Weihnachten. Sie wollten keinen Baum zurückschicken. Johnny war sehr froh.
Er fragte, ob er den zweiten Baum haben könne. Papa und Mama lächelten und sagten Ja.
Johnny ging glücklich ins Bett.

In der Nacht stellte Papa den Baum auf. Er stellte ihn in die Mitte des Scheunenbodens.
Am nächsten Tag war Johnny mit dem Unterricht fertig. Er ging in die Küche.
Er fragte Annie, die Köchin, nach Essensresten.
Sie sollte ihm Knochen und Kartoffelstücke aufbewahren.
Er wollte sie am nächsten Morgen haben. Er bat auch um Salz und Maismehl.
Annie packte alles in Papiertüten. Sie gab ihm auch zerbrochene Teller und eine alte Holzschüssel.

Annie wollte wissen, was Johnny mit den Dingen machen wollte.
Er sagte nur: „Warte bis morgen, dann siehst du es." Er sammelte die Dinge ein.
Die Köchin hatte sie ihm gegeben. Er trug sie in die Scheune. Er stellte sie auf ein Regal in der Ecke.
Dort würde niemand sie anfassen. Am nächsten Morgen wären sie bereit.

Der Weihnachtsmorgen kam. Johnny rannte schnell in die Scheune.
Dort stand der Weihnachtsbaum. Er wollte ihn für seine Haustiere schmücken.
Zuerst holte er eine Papiertüte mit Hafer. Er band sie an einen Ast für Brownie, die Stute.
Dann machte er Heubündel. Er band sie an die andere Seite des Baumes.
Sie waren nicht so hoch. So konnte die Kuh Weißgesicht sie erreichen.

An den untersten Zweigen band er Heu für Spotty, das Kalb.

Dann rannte Johnny in die Küche. Er holte die Sachen, die Annie aufbewahrt hatte.
Sie hatte viel gegeben. Mit vollen Armen ging er zurück in die Scheune.
Er fand drei Knochen mit viel Fleisch daran. Diese band er an einen Ast für Rover, seinen Hund.
Unter den Baum stellte er eine große Holzschüssel.
Er füllte sie mit Kartoffeln, Reis und Fleisch vom Abendessen.
Das war für Piggywig, das Schwein.

Er stellte eine Schüssel mit Milch für Spooky hin. Auf einen Teller legte er Salz für das Lamm.
Auf einen anderen Teller legte er Maismehl für die Hühner.
An die Spitze des Baumes band er einen Korb mit Nüssen. Die Nüsse waren für sein Eichhörnchen.
Unten band er ein Bündel Karotten an. Der kleine weiße Hase konnte die Karotten erreichen.

Alles war fertig. Johnny trat zurück. Er betrachtete den Weihnachtsbaum.
Er klatschte vor Freude in die Hände. Er rief Papa, Mama und Annie.
Sie lachten laut, als sie den Baum sahen.
Es war der lustigste Weihnachtsbaum, den sie je gesehen hatten.
Sie waren sicher, die Geschenke werden den Tieren gefallen.

Dann war viel los in der Scheune. Papa, Mama und Annie brachten die Tiere herein.
Bald waren alle Tiere da: Brownie, White Face, Spotty, Rover, Piggywig, Spooky,
Lambkin, die Hühner, das Eichhörnchen und Bunny.
Sie standen glücklich und zufrieden um den Baum. Sie aßen und tranken mit großem Appetit.

Johnny beobachtete die Tiere. Dann hatte er eine Idee. Er lief schnell zum Haus.
Er holte seine neue Trompete heraus. Papa hatte ihm die Trompete zu Weihnachten geschenkt.

Alle Tiere hatten ihr Frühstück beendet. Johnny blies in seine Trompete.
Das Baumfest war vorbei. Brownie ging in ihren Stall. Weißgesicht brüllte und ging weg.
Spotty, das Kalb, folgte ihr. Das kleine Lamm hüpfte blökend davon.
Piggywig grunzte und ging weg. Spooky sprang miauend auf den Zaun.
Das Eichhörnchen saß im Baum und knackte Nüsse. Bunny hüpfte in ihr Quartier.
Rover bellte laut und jagte die Hühner in ihren Stall. Was für ein Gewirr von Geräuschen!
Mama sagte, es klang wie „Frohe Weihnachten, Johnny! Frohe Weihnachten für alle."

Die ganze Familie stimmte zu. Tiny Tim sagte: „Gott segne uns alle."

Das erste Weihnachtsfest in New England

von G. L. Stein und M. G. Fickett

Es war der 23. Dezember 1620. Es war ein warmer Samstag. Der Winterwind hatte sich nach dem Sturm verzogen. Die Luft war klar und mild. Die Menschen auf der Mayflower freuten sich über den schönen Tag.

Vor drei Monaten waren sie von Plymouth in England losgefahren. Sie wollten jenseits des Ozeans eine neue Heimat finden. Jetzt sind sie in Neuengland angekommen. Sie nannten den Hafen New Plymouth. Sie waren die ersten Siedler in Amerika.

Andere Leute nannten sie Pilgrims. Pilgrims bedeutet Pilger. Früher lebten die Pilgrims in England. Später lebten sie in Holland. Dann segelten sie nach Amerika.

Es waren nur 102 Pilgrims auf der Mayflower. Sie waren mutig und stark.
Die Mayflower war jetzt ihr einziges Zuhause. Bald würden sie warme Blockhütten haben.

Am Nachmittag gingen die Männer an Land. Sie fällten große Bäume. Auch die Frauen auf der Mayflower arbeiteten fleißig. Einige sponnen, einige strickten, einige nähten. Es war hell und angenehm. Mistress Rose Standish strickte an Deck. Sie war zu schwach für das raue Wetter. Sie genoss die Sonne und die klare Luft. Neben ihr saß Mistress Brewster. Sie war die Frau des Pfarrers. Alle mochten Mistress Standish und Mistress Brewster. Sie sprachen nie unfreundlich.

Die Luft an Deck war warm. In einer Ecke brannte ein Feuer. Heute wäre ein Feuer an Deck seltsam, oder? Früher kochten die Menschen an Deck. Die Pilger hatten keine Öfen. Die Magd von Mistress Carver machte Feuer. Sie nutzte eine große Feuerstelle mit Sand. Sie hängte einen Kessel an einen Kran über dem Feuer. Darin köchelte Zwiebelsuppe für das Abendessen.

Ein kleines Mädchen saß neben dem Feuer. Sie spielte und sang. Das Mädchen hieß Remember Allerton. Sie war erst sechs Jahre alt. Sie war gern mit dem Dienstmädchen Hannah zusammen. An diesem Nachmittag sah Remember Hannah beim Feuermachen und Suppekochen zu. Jetzt spielte Remember mit indianischen Pfeilspitzen. Ihr Vater hatte sie ihr am Abend zuvor gebracht. Sie sang einen alten Psalm:

„Jauchzet dem HERRN, alle Welt,
dienet dem HERRN mit Freuden,
verneigt euch vor ihm mit frohem Gesang.“

Hannah sagte: „Ach, die Kinder von Altengland singen andere Worte als heute.“
Sie schaute dabei in die Ferne.

Remember fragte erstaunt: „Warum, Hannah? Welche Lieder singen die englischen Kinder jetzt?“

„Es sind nur noch zwei Tage bis Weihnachten. In meiner alten Heimat singen alle Weihnachtslieder.“

„Aber du hast mir nicht gesagt, was Weihnachten ist!“, sagte das Kind.

„Du weißt es nicht. Das stimmt. Weihnachten ist der Geburtstag von Jesus.
Du hast Jesus lieb“, flüsterte Hannah.

„Aber warum sind die englischen Kinder so glücklich? Wir sind Engländer, hast du gesagt, Hannah. Warum feiern wir nicht auch Weihnachten?“

„Wir sind Engländer, Kind. Aber warum wir keine Weihnachtslieder singen oder Weihnachtsspiele spielen? Das ist eine lange Geschichte. Hannah kann sie nicht so gut erzählen. Kleine Kinder werden das nicht verstehen. Frag jemand Anderen, Kind."

Hannah und das kleine Mädchen waren in der Nähe von zwei Frauen auf dem Deck.

Remember sagte:
„Herrin Brewster, Hannah sagt, sie weiß nicht, warum Love und Wrestling und Constance und die anderen keine Weihnachtslieder singen oder Weihnachtsspiele spielen. Aber du wirst es mir sagen, nicht wahr?", fragte sie.

Herrin Brewster sah traurig aus. Auch Herrin Standish sah ernst aus. Ein paar Sekunden lang sprach niemand. Dann sagte Hannah fast scharf:

„Warum können wir nicht am Montag einen Weihnachtsscheit verbrennen und kleine Kuchen für die Kinder backen?"

„Nein, Hannah", sagte Mistress Brewster. „Das sind nur eitle Schauspiele. Sie sind nichts für uns. Wir glauben an heiligere Dinge. Möchtest du wissen, warum wir England verlassen haben und Weihnachten nicht feiern? Du verstehst das vielleicht nicht. Aber es kann dir helfen. Es kann dir helfen, ein tapferes und glückliches Mädchen zu sein."

„Es kann nicht schaden, Mistress Brewster", sagte Rose Standish. „Erinnere dich, sie ist jetzt eine kleine Pilgerin. Sie sollte wissen, warum wir gewandert sind. Komm her, Kind, setz' dich zu mir. Mistress Brewster wird dir erzählen, wie grausame Menschen uns leiden ließen. Dann singe ich dir ein Weihnachtslied."

Rose Standish reichte Remember die Hand. Remember lief schnell zu Mistress Standish und wartete gespannt auf die Geschichte.

„Wir haben nicht immer in Holland gelebt. Die meisten von uns sind in England geboren. England ist das beste Land der Welt. Man kann stolz auf England sein. Auch wenn einige Herrscher böse waren. Bevor du geboren wurdest, war deine Mutter ein kleines Mädchen. Der englische König sagte, wir müssen alle wie er denken und in seine Kirche gehen. Er sagte, er wird uns aus England wegschicken, wenn wir nicht gehorchen. Wir konnten nicht wie er denken. Es war falsch, ihm zu gehorchen. Also beschlossen wir, in ein anderes Land zu gehen. Dort konnten wir unseren Gottesdienst feiern."

„Was geschah mit dem König, Mistress Brewster?"

„Er regiert jetzt England. Denke nicht schlecht von ihm. Vielleicht versteht er es nicht. Das Recht wird siegen, auch wenn es erst Krieg dafür geben muss. Ich danke Gott, dass wir nicht mehr in diesem Streit leben müssen", sagte sie mehr zu sich selbst. „Wir beschlossen, nach Holland zu gehen. Dort war der König nicht mächtig. Wir wussten nicht, ob es das Beste war. Aber wir vertrauten auf Gott. Ja", sagte sie weiter, „sollen wir nicht weiter auf ihn vertrauen?"

Rose Standish erinnerte sich an ihre wenigen Lebensmittel und die Krankheit; fünf Menschen waren in diesem Monat daran gestorben. Sie antwortete entschlossen: „Ja. Gott hat uns so weit geführt. Er wird uns jetzt nicht verlassen."

Alle schwiegen kurz. Dann fragte Remember: „Seid Ihr nach Holland gegangen, Mistress Brewster?"

„Ja", sagte sie. „Unsere Leute gingen nach Holland. Dort leben die Holländer. Die Kinder klettern in Holzschuhen herum. Dort wurdest du geboren. Auch meine Kinder wurden dort geboren. Wir lebten dort in Liebe und Frieden. Aber wir waren nicht ganz glücklich. Wir konnten die Holländer nicht gut verstehen. Geld verdienen war schwer. Viele mussten zurück nach England. Wir hatten Angst um euch Kinder. Deshalb kamen wir in dieses neue Land. Wir wollten euch gut erziehen."

Nach einem weiteren Schweigen sprach Remember wieder: „Danke, Mistress Brewster. Ich werde ein gutes Mädchen sein. Aber du hast mir nichts von Weihnachten erzählt."

„Nein, Kind, aber jetzt werde ich es tun. An diesem Tag gibt es in allen Kirchen lange Gottesdienste. Es gibt Teile dieser Gottesdienste, die wir falsch finden. Wir folgen nicht den Bräuchen von Freunden des Königs an Weihnachten. Sie schmücken ihre Häuser mit Mistelzweigen und Stechpalmen. Ihr anderer Name für Weihnachten ist Yuletide. Da wird ein großer Holzscheit namens Yule log verbrannt. Die Kinder sitzen gerne am Kamin und hören Geschichten. Zu Weihnachten gibt es in England große Feste. Niemand hungert, denn die reichen Leute geben Fleisch und Kuchen an die Armen. Aber wir möchten jeden Tag wie Weihnachten machen. Wir versuchen, Gottes Gaben nie zu vergessen. Sie erinnern uns daran, immer gut zu anderen Menschen zu sein."

„Und die Weihnachtslieder, Mistress Standish? Was sind sie?"

„Am Weihnachtsabend und am Morgen gehen Kinder von Haus zu Haus und singen. Das gefällt mir am besten an Weihnachten. Und ich habe versprochen, dir ein Lied zu singen, nicht wahr?"

Mistress Standish sang ein altes englisches Lied. Sie hatte eine liebe, süße Stimme.

„Als Joseph unterwegs war,
Hörte er einen Engel singen:
Diese Nacht wird Christus geboren,
Der himmlische König.

Er wird nicht im Haus geboren,
Auch nicht im Paradies,
Aber in einem Ochsenstall.

Er wird nicht in Purpur gekleidet,
Auch nicht in Bleiche,
Aber in weißem Leinen,
Wie alle Babys.

Er wird nicht in Silber geschaukelt,
Auch nicht in Gold,
Aber in einer hölzernen Krippe.

Als Joseph unterwegs war,
Sang ein Engel.
Das Kind der Maria wurde um Mitternacht geboren,
Um unser König zu sein.

Freut euch, gute Menschen,
Diese Nacht im Jahr.
Zündet eure Kerzen an,
Sein Stern leuchtet klar.“

Hannah kam an Deck und hörte zu. „Danke, Mistress Standish“, sagte sie. Tränen füllten ihre blauen Augen. „Ich habe dieses Lied lange nicht gehört.“

„Kann ich die Worte lernen, Mistress Standish?“, fragte das kleine Mädchen leise.

„Ja, das wäre nicht falsch. Das Lied ist dein Weihnachtsgeschenk.“

Mistress Standish brachte dem Mädchen das Lied bei. Remember lernte es schnell. Der nächste Tag war trüb und kalt. Am Montag, den 25. Dezember war der Himmel bedeckt. Auf der Mayflower gab es keinen Weihnachtsbaum. Es gab keine Stechpalme in der Hütte. Die Pilger blieben ihrem Glauben treu. Sie hielten keine besonderen Gottesdienste ab. Sie machten sich keine Geschenke. Stattdessen arbeiteten sie weiter. Sie fällten Bäume. Niemand beschwerte sich. Ein Mann schrieb in sein Tagebuch: „Wir gingen an Land. Einige fällten Holz. Einige sägten Holz. Einige spalteten Holz. Einige trugen Holz. Kein Mann ruhte den ganzen Tag.“ Remember blieb auf der Mayflower. Niemand sprach von England. Niemand sehnte sich nach England. Remember vergaß die Geschichte von Mistress Brewster nicht. Sie stellte sich vor, sie sei in England. Sie half den Kindern beim Singen von Weihnachtsliedern.

Mistress Allerton und Mistress Standish fühlten sich glücklich. Sie hörten das kleine Mädchen singen:

Er wird nicht im Haus geboren
Auch nicht im Flur,
Nicht im Paradies,
Aber in einem Ochsenstall.

Mr. Bluffs Erfahrungen im Urlaub

von Oliver Bell Bunce

„Ich hasse Feiertage", sagte Junggeselle Bluff vor ein paar Jahren zu mir. Es war an einem Weihnachtsfest. Er war ein wenig gereizt. Dann hielt er kurz inne und sprach weiter:
„Ich hasse es nicht, wenn Leute sich freuen. Aber ich hasse Feiertage trotzdem.
Für mich sind es die traurigsten Tage des Jahres. Mich schaudert es bei dem Wort ‚Feiertag'.
Ich fürchte sie und bin froh, wenn sie vorbei sind. An Feiertagen fühle ich mich sehr schlecht.
Ich bin dann nicht ich selbst."

„Sehr seltsam“, sagte ich.

„Die Pest!“, sagte er laut. „Ich bin nicht böse. Ich wünsche niemandem etwas Schlechtes. Die Leute sollen Spaß haben. Aber ich hasse die Feiertage trotzdem. Ich bin ein Junggeselle. Ich lebe allein. Ich habe keine Familie. Ich lebe an einem Ort, wo man mich nicht kennt. An Feiertagen gibt es keinen Platz für mich. Ich habe auch Freunde. Ich bin nicht unfreundlich oder verschlossen. Viele laden mich ein. Aber nicht zu Weihnachten. Weihnachten ist ein Fest für Familien. Und ich habe keine Familie. Weihnachten ist ein Treffen von Verwandten. Es gibt da keinen Platz für Freunde, auch wenn man sie mag. Weihnachten mit all‘ seiner Freundlichkeit und Nächstenliebe und seinem guten Willen ist freundlich, aber auch egoistisch. Jede Familie bleibt für sich. Leute wie ich sind dann allein. Ausgerechnet an dem Tag, an dem ich Freude brauche, bin ich ohne Einladung.“

Ich wollte etwas sagen. Aber er redete einfach weiter. Und schärfer:

„Ich mag die Feiertage nicht. Ich will gute Laune haben. Ich bin nicht egoistisch. Sonst würde ich wegfahren. Ich würde allein Spaß haben. Aber ich mag es nicht, im Dunkeln zu sitzen. Die Welt ringsumher ist hell, und ich bin traurig. Ich mag die Feiertage nicht, weil ich fröhlich sein soll. Aber ich kann es nicht sein.“

Ich wollte wieder etwas sagen. Aber er rief:

„Sagen Sie nichts! Ich sage Ihnen, ich mag die Feiertage nicht. Die Läden sehen schön aus mit bunten Spielsachen und grünen Zweigen. Die Menschen sind voll von fröhlichen Herzen. Der Zirkus und die Show sind voll von Spaß und Lachen. Aber das macht mich unglücklich. Ich habe keine Kinder, die ich mitnehmen kann. Alle Kinder, die ich kenne, haben ihre Verwandten. Wenn ich gehe, muss ich allein gehen. Aber ich gehe nicht. Ich kann es nicht ertragen, alle glücklich zu sehen. Ich fühle mich einsam und traurig. Ich habe zu viel Herz, um unter solchen Umständen glücklich zu sein! Ich bin zu menschlich! Deshalb mag ich die Feiertage nicht. Ich kann nicht rausgehen. Ich kann auch nicht zu Hause bleiben. Zuhause muss ich an frühere Weihnachtstage denken. Ich kann auch nichts lesen. Mein Herz ist zu traurig. Ich kann auch nicht spazieren gehen. Ich sehe dann durch die Fenster überall nur fröhliche Menschen. Ich hasse die Ferien. Aber willst du mit mir zu Abend essen?“

Ich musste erst zuhause nachfragen. Aber ich konnte Mr. Bluff jetzt nicht einladen. Cousin Charles und seine Frau waren da, Schwester Susan und ihre Tochter, und drei Verwandte meiner Frau. Wir feierten Weihnachten zusammen. Es tat mir leid, aber es ging nicht. Ich wünschte Mr. Bluff „Frohe Weihnachten“. Dann ging ich durch die kalte und stickige Luft nach Hause.

*****

Ich traf Junggeselle Bluff ein Jahr später eine Woche nach Weihnachten wieder. Er erzählte mir, was passiert war. Ich lasse ihn selbst erzählen.

„Ich ging in die Kirche", sagte er. „Ich war dort genauso traurig. Die Lieder waren hübsch. Die Musik war schön. Um mich herum waren fröhliche Gruppen. Sie konnten sich kaum zurückhalten. Sie wollten der heiligen Weihnacht Ehre erweisen. Niemand war allein außer mir. Jeder glückliche Familienvater quälte mich. Die Atmosphäre passte besser zu allen anderen. Ich hasste die Feiertage mehr denn je.

Dann ging ich ins Theater. Ich setzte mich in eine Loge. Ich war ganz allein. Alle verstanden sich gut. Witze und Scherze gingen herum. Alle außer mir waren in Gruppen. Ich war die einzige Person im Theater. Es gab viel Applaus und Lachen. Alle hatten jemanden zum Teilen ihrer Späße. Meine Einsamkeit wurde unerträglich. Ich hasste die Ferien noch mehr. Um fünf Uhr wurde es unerträglich. Ich sagte, ich würde mir ein Abendessen holen. Das beste Abendessen der Stadt. Ein üppiges Abendessen für eine Person. Ich wollte ein schönes Abendessen. Es sollte viele Gänge haben. Es sollte guten Wein geben. Es sollte hell sein. Es sollte ein Feuer brennen. Es sollte gemütlich sein. Ich wollte den Urlaub genießen.

Der Speisesaal im Club war hell. Er war aber leer. Nur einsame Männer essen an Weihnachten im Club. Ich bestellte ein Essen. Die wenigen Gäste freuten sich über die Abwechslung.

Mein Abendessen war gut. Das Zimmer war groß und leer. Die weißen Tischdecken waren schön. Die Wände hatten warme Farben. Das Feuer im Kamin funkelte. Der Raum wirkte elegant und heiter. Mein Tisch stand am Fenster. Ich sah auf die kalten Straßen. Viele Fenster leuchteten hell. Draußen tobte ein Sturm. Schnee wirbelte durch die Straßen. Ich stellte mir die Straßen noch kälter vor. So genoss ich den warmen Raum noch mehr.

Ich aß gut und dachte an frühere Weihnachten. Ich erinnerte mich an alte Freunde. Meine Traurigkeit wurde leiser. Ich hob ein Glas Wein an meine Lippen. Plötzlich sah ich ein Gesicht am Fenster. Es war blass und hatte schwarzes Haar. Das Gesicht verschwand schnell. Ich fühlte mich seltsam und trank den Wein aus. Ich dachte, es war nur ein Bettelmädchen. Trotzdem machte mich das Gesicht unruhig. Ich füllte mein Glas wieder mit Wein. Das Gesicht erschien erneut am Fenster. Es sah hungrig und wild aus. Das schwarze Haar war voller Schnee. Ich erschrak und stellte das Glas ab. Ich ging zum Fenster. Aber das Gesicht war weg. Ich sah niemanden in der Nähe des Fensters.

Der Sturm wurde stärker. Der Schnee wehte durch die leeren Straßen. Nur wenige Menschen waren draußen. Alles war kalt und trostlos. Ich fühlte Mitleid mit dem armen Kind. Das Kind konnte nur mich Junggesellen bei seinem Festmahl beobachten.

Ich setzte mich wieder an den Tisch. Das Abendessen war vorbei. Der Wein schmeckte nicht mehr. Ich dachte an das Kind am Fenster. Ich ärgerte mich über die Unterbrechung.

Ich hasste die Feiertage noch mehr. Ich sagte mir: ‚Man kann an Feiertagen nicht allein essen. An Feiertagen gibt es zu viel Freude und Elend.“

Ich sagte, „Viele Menschen werden unglücklich, wenn sie andere glücklich sehen.“

Der Junggeselle antwortete sarkastisch: „Großmütige Menschen freuen sich über das Glück anderer. Aber ich, wissen Sie, und dieses liebe kleine Mädchen …“

„Liebes kleines Mädchen?“

„Oh, das habe ich vergessen“, sagte Bachelor Bluff. Er wurde ganz rot. Aber er wollte es verbergen. „Ich habe es dir nicht gesagt. Es war so seltsam! Ich dachte immer an das blasse, dünne, einsame Mädchen draußen am Fenster. Und an den unzufriedenen, einsamen alten Mann drinnen: mich selbst. Ich wurde nicht glücklicher, wenn ich daran dachte. Ich trank ein Glas Wein nach dem anderen. Nicht, weil es mir schmeckte, sondern um die Gedanken zu verdrängen. Ich machte die Ferien dafür verantwortlich und schimpfte noch mehr als sonst. Ab und zu ging ich zum Fenster. Aber ich sah niemanden mehr.

Endlich zog ich meine Sachen an und ging hinaus. Ich stieß gegen eine kleine Gestalt in der Tür. Ein Gesicht blickte schnell auf. Es war das blasse Gesicht vom Fenster. Ich war sehr wütend und sprach schroff. Plötzlich merkte ich, dass ich kein Recht hatte, so zu sprechen. Das arme Mädchen hatte ein schlimmes Weihnachtsfest. Ich suchte in meiner Tasche nach Geld. Dann stellte ich ein oder zwei Fragen.“

Plötzlich rief er: „Ist es hier nicht sehr warm?“ Er stand auf, ging umher und wischte sich den Schweiß ab.

„Sehen Sie“, sagte er nervös weiter, „es war absurd. Aber ich glaubte dem Mädchen. Sie erzählte von Entbehrung und Leid. Ich wollte mit ihr nach Hause gehen, um zu sehen, ob das stimmt. Dann fiel mir ein, dass alle Geschäfte geschlossen waren. Man konnte nichts mehr kaufen. Ich ging zurück zum Restaurant und überredete den Chef, mir einen Korb mit Vorräten zu geben. Das Mädchen half mir, den Korb durch den Schnee zu tragen und tanzte vor Freude. Ist das nicht genug?“

„Kein bisschen, Mr. Bluff. Ich muss die ganze Geschichte wissen.“

„Ich erkläre“, sagte Junggeselle Bluff, „es gibt keine ganze Geschichte zu erzählen. Ich fand eine Witwe mit Kindern in großer Not vor. Sie hatten jetzt ein Festmahl an diesem Abend. Sie hatten nun etwas Geld. Damit konnten sie Holz und Kleidung kaufen. Sie waren alle fröhlich und dankbar.

Ich war erstaunt, als ich nach Hause kam. Ich ging gar nicht sauer ins Bett. Ich war sehr zufrieden mit den Feiertagen. Ich war richtig fröhlich. Ich pfiff und sang. Ich machte sogar einen kleinen Tanz. Die armen Leute waren sehr glücklich mit ihrem Weihnachtsmahl. Ihre Freude steckte mich an.

Dann dachte ich nach. Natürlich waren die Feiertage für mich unglücklich gewesen. Ich fragte mich, warum ich als reicher, einsamer Mann traurig war. Es gab viele Menschen, die auch einsam waren und Not litten. ‚Gütiger Himmel!' rief ich aus. Ein Mann, der über Einsamkeit klagt, hat viele Chancen zu helfen. Es gibt viele Menschen, die Hilfe und Trost brauchen. Es gibt viele Möglichkeiten für Arbeit und Gesellschaft. Es gibt viele schöne Dinge zu tun. Der Gedanke daran machte mich wütend auf mich selbst.

Ich wollte mir selbst aus dem Weg gehen. Ich erfand Ausreden. Aber ich zwang mich, mein Verhalten zu prüfen. Dann fand ich mein Selbstvertrauen wieder. Ich sagte mir: Wenn ich je wieder einen Urlaub hasse, soll er sofort enden!

Habe ich meine Schützlinge wiedergesehen? Was für eine Frage! Das macht nichts. Der Witwe geht es jetzt gut. Sie verdient genug für ihre Bedürfnisse. Das ist nicht meine Schuld. Ich wollte mehr tun. Aber sie ließ mich nicht.

Lassen Sie mich von Silvester erzählen. Es war eine Woche nach Weihnachten. Ich hatte viel zu tun und war verwirrt. Die Stunden waren zu kurz. Ich besuchte einige Leute. Dann eilte ich zu dem lieben kleinen Mädchen. Ihr Gesicht hatte Farbe bekommen. Sie sah in ihrem neuen Kleid hübsch aus. Sie brachte mich zu anderen armen Leuten. Das ist die ganze Geschichte.

Oh, was das Weihnachten danach angeht: Da habe ich nicht allein gegessen. Es ging drei Stufen hinauf. Es war nicht so elegant wie letztes Jahr. Aber es war heiter und hell. Es war ein wunderschönes Weihnachtsessen. Die Witwe redete viel über den Truthahn. Jemand hatte ihn vor ihre Tür gelegt …

Molly - das ist das kleine Mädchen - Molly und ich hatten einen Riesenappetit. Wir waren dann früh zusammen in der Kirche. Dann gingen wir hinunter zu den Five Points. Wir brachten den armen Leuten Essen. In der Tat haben wir Wunder vollbracht. Molly war sehr glücklich. Das Weihnachtsessen war ein großer Erfolg.

Nein, mein Herr, nein! Genau wie Sie sagen. Die Ferien sind gar nicht mehr anstrengend. Wenn jemand sagt, er hasst die Ferien, werde ich jetzt wütend. Ich erzähle ihm dann meine Erfahrung. Wenn mich jemand nach meinen Gefühlen fragt, sage ich: ‚Gott segne alle Feiertage!'"

Eine Weihnachtsfee

von John Strange Winter

Die Weihnachtszeit kam näher.
Alle Jungen an Miss Ware's Schule sprachen darüber, nach Hause zu fahren.

„Ich gehe zum Weihnachtsfest", sagte Bertie Fellows.
„Meine Mutter gibt ein Fest. Meine Tante gibt auch ein Fest. Ich werde eine tolle Zeit haben."

„Mein Onkel Bob schenkt mir Schlittschuhe", sagte Harry Wadham.

„Mein Vater schenkt mir ein Fahrrad", erzählte George Alderson.

„Nimmst du es mit in die Schule?", fragte Harry.

„Ja, wenn Miss Ware es erlaubt."

„Tom, wo verbringst du deine Ferien?", fragte Bertie.

„Ich bleibe hier", antwortete Tom traurig.

„Hier in der Schule? Warum gehst du nicht nach Hause?"

„Ich kann nicht nach Indien zurück."

„Hast du keine Verwandten?"

Tom schüttelte den Kopf. „Nur in Indien", sagte er traurig.

„Armer Kerl! Das ist schlimm. Wenn ich nicht nach Hause könnte, würde ich sterben."

„Nein, das würdest du nicht", sagte Tom. „Du hast vielleicht Heimweh. Aber du wirst nicht sterben. Du hoffst nur auf eine Überraschung."

„Es gibt keine Feen mehr", sagte Bertie.

„Bertie, ich werde meiner Mutter schreiben. Ich bitte sie, dich einzuladen."

„Wirst du wirklich?"

„Ja, das werde ich. Wenn sie ja sagt, haben wir Spaß. Wir leben in London.

Dort gibt es viele Partys und Spaß."

„Vielleicht sagt sie nein", sagte der kleine Tom.

„Meine Mutter sagt nicht nein", sagte Bertie laut.

Ein paar Tage später kam ein Brief von Berties Mutter. Der Junge öffnete ihn schnell.
Darin stand:

Mein lieber Bertie,

Es tut mir leid, aber Alice hat Scharlach. Ihr könnt nicht in die Ferien kommen.
Ich hätte mich gefreut, wenn du deinen kleinen Freund mitgebracht hättest.
Du sollst bei Miss Ware wohnen. Das haben dein Vater und ich entschieden.
Wir schicken dir dein Weihnachtsgeschenk. Es wird nicht wie zu Hause sein.
Aber bleib bitte guter Dinge. Hilf mir in dieser schweren Zeit.
Alice ist sehr krank. Sag' Tom, ich schicke euch eine Schachtel mit zwei Geschenken.
Ich bin glücklich. Denn ich weiß: Du bist nicht allein.

Deine Mutter.

Bertie las diesen Brief und wurde sehr traurig. Er legte seinen Kopf auf den Tisch und weinte laut.
Der Junge aus Indien saß neben ihm. Er versuchte, seinen Freund zu trösten.
Er klopfte ihm auf die Schulter. Er flüsterte ihm freundliche Worte zu.
Schließlich gab Bertie Tom den Brief. „Lies' ihn", sagte er weinend. Tom verstand Berties Kummer.

„Mach' dir keine Sorgen", sagte er. „Es könnte schlimmer sein. Deine Eltern könnten weit weg sein.
So wie meine. Wenn es Alice besser geht, kannst du nach Hause.
Deine Mutter wird sich freuen, wenn du glücklich bist."

Bald kam Miss Ware zu Bertie. Sie sagte, es tue ihr leid.
„Es gibt immer etwas Gutes", sagte sie lächelnd. „Tom dachte, er wäre allein in den Ferien.
Jetzt hat er einen Freund bei sich. Versuche, das Gute zu sehen, Bertie."

„Ich bin enttäuscht, Miss Ware", sagte Bertie mit Tränen in den Augen.

„Das ist normal", sagte Miss Ware. „Denke an deine Mutter und schreibe ihr was Nettes."

„Ja", sagte Bertie. Aber er konnte nicht mehr sagen.

Der letzte Schultag kam. Die Jungen gingen einer nach dem anderen.
Bald waren nur noch Bertie und Tom im großen Haus. Das Haus fühlte sich sehr groß an.

„Es ist traurig", sagte Bertie. Sie gingen in den Schulraum.
„Stell dir vor, wir wären jetzt auf dem Heimweg."

„Stell dir vor, ich wäre hier allein", sagte Tom.

„Ja", sagte Bertie. „Aber wenn man nach Hause will, denkt man nicht an die Jungen ohne Zuhause."

Der Abend verging. Die Jungen gingen ins Bett. Sie erzählten sich lange Geschichten.
Dann schliefen sie ein. Sie träumten von ihrem Zuhause. Sie fühlten sich einsam.
Aber sie versuchten, tapfer zu sein.

Ein neuer Tag begann. Es war der Tag vor Weihnachten. Früh am Morgen kam eine große Kiste.
Berties Mutter hatte davon im Brief geschrieben. Nach dem Abendessen läutete die Glocke.
Eine Stimme fragte nach Tom Egerton. Tom sprang auf. Er rannte zu einer großen, hübschen Dame.
„Tante Laura! Tante Laura!", rief er.

Laura und ihr Mann waren gestern in London angekommen.
„Ich hatte Angst, Tom", sagte sie.
„Ich dachte, wir kommen nicht vor Weihnachten an und du bist enttäuscht.
Du musst sofort deine Sachen packen. Du fährst mit mir nach London.
Onkel und ich bereiten dir eine schöne Zeit."

Toms Gesicht strahlte vor Freude. Dann sah er Bertie und drehte sich zu seiner Tante um.

„Liebe Tante Laura", sagte er, „es tut mir leid. Aber ich kann nicht mitkommen."

„Kannst du nicht gehen? Warum nicht?"

„Ich kann Bertie nicht allein lassen", sagte er. „Ich sollte hier allein bleiben.
Da schrieb er seiner Mutter. Er wollte mich mit zu ihm nach Hause nehmen.
Aber sie konnte uns beide nicht mitnehmen. Berties Schwester hat Scharlach. Er muss hierbleiben.
Er war noch nie in der Weihnachtszeit weg von zu Hause.
Ich kann ihn nicht allein lassen, Tante Laura."

Tante Laura sah den Jungen an. Dann nahm sie ihn in ihre Arme und küsste ihn.

„Du lieber Junge, du sollst ihn nicht verlassen.
Du sollst ihn mitnehmen. Wir werden alle zusammen viel Freude haben.
Bertie, mein Junge, du bist noch jung, aber ich werde dir etwas beibringen:
Freundlichkeit ist nie verschwendet."

So fanden Bertie und Tom heraus, dass es doch so etwas wie eine Fee gab.

Weihnachten in Big Rattle

von Theodore Goodridge Roberts

Archer saß an der Feuerstelle seines Lagers in Big Rattle. Er war müde, aber zufrieden. Er brütete über die spuckenden Fackeln aus Farn und den glühenden Birkenkohlen. Es war Heiligabend. Er war den ganzen Tag auf Schneeschuhen unterwegs gewesen. Auch am Tag davor war er unterwegs. Er stellte Fallen entlang der Bäche auf. Er setzte seine Todesfallen außer Betrieb. Das ist ungewöhnlich für einen Fallensteller. Archer war ein sentimentaler Mensch. Er machte alles nach Gefühl. ‚Weihnachten ist die Zeit des Friedens', dachte er.

Er zertrümmerte Baumstämme mit seiner Axt.
Das Holz und seine Erinnerung an das Holzfällen verlieh dem Feuer und dem Lager einen neuen Glanz.
Das machte ihn glücklich. Draußen tobte der Wind durch den Wald. Die Luft war sehr kalt.
Eine andere Stimme klang durch die Nacht. Es waren die Wasser der Stone Arrow-Wasserfälle.
Der Rest des Flusses war gefroren und mit Schnee bedeckt. Aber der Wasserfall blitzte noch immer.
Er klang laut und wild.

Sacobie Bear war ein Vollblut-Micmac. Auch er hörte das Brüllen der Stone Arrow-Wasserfälle.
Er war erleichtert. Er blieb stehen und schaute sich um.

„Gut!", sagte er. „Big Rattle dort drüben. Archers Lager dort drüben.
Ich gehe dorthin. Gut genug!" Er nahm sein altes Gewehr und ging weiter.

Sacobie war weit gereist. Er kam aus Fox Harbor. Der Ort war ganz von Eis umschlossen.
Sein Baby war krank. Seine Frau war hungrig. Sacobie hatte wenig gegessen.
Er war schon sehr dünn. Auf der Reise hatte er nichts gejagt.
Sein Gewehr hatte keinen Knall abgegeben. Sacobie war ein guter Jäger.
Seine Augen waren die schärfsten, außer denen von Wölfen und Luchsen.
Sacobie war hungrig und schwach, aber er gab nicht auf.
Ein weißer Mann wäre schon im Schnee gelandet.
Aber Sacobie lief mit dem Tod im Nacken schnell weiter.
Seine Schneeschuhe stampften wie Entenfüße. Er rannte zu Archers Hütte.

Archer träumte von Weihnachten in einer großen Stadt.
Plötzlich hörte er Schneeschuhe und ein leises Klopfen an der Tür.
Es klang wie ein schwacher Schlag von behandschuhten Händen.
Er sprang auf und öffnete die Tür.

Eine kleine, gebückte Person kam herein und stieß gegen ihn.
Ein Gewehr in einer Wolltasche fiel zu Boden.

„Frohe Weihnachten! Wie geht's?", sagte eine müde Stimme.

„Frohe Weihnachten, Bruder!", antwortete Archer. Und dann: „Oh, es ist Sacobie Bear! Was ist los, Sacobie?"

„Sehr müde! Sehr hungrig", sagte der Micmac und fiel zu Boden.

Archer hob den Eingeborenen hoch und brachte ihn zu einem Bett im Raum.
Er füllte einen Löffel mit Branntwein und schob ihn Sacobie in den Mund.
Dann öffnete er Sacobies Mantel, Hemd und Gürtel.
Er zog ihm die Mokassins und Strümpfe aus und rieb seine Füße mit Brandy ein.

Nach einer Weile öffnete Sacobie Bear seine Augen und sah Archer an.

„Gut!“, sagte er. „John Archer ist ein guter Mann. Und sehr gut zu dem armen Injun Sacobie.
Viel Tabak, nehme ich an. Und viel Rum.“

„Keinen Rum mehr, mein Sohn“, sagte Archer, warf den Becher gegen die Wand
und verschloss die Flasche, „und nicht rauchen vor dem Essen. Was sagst du zu Speck und Tee?
Oder lieber Rindfleisch aus der Dose?“

„Speck“, antwortete Sacobie.

Er stützte sich auf den Ellbogen und roch den Brandy an seinen Füßen. „Verschwendung von gutem
Rum“, sagte er.

„Du undankbarer Bettler“, lachte Archer. Er holte eine Pfanne unter dem Bett hervor.
Der Speck war gebraten. Der Tee war fertig. Sacobie konnte aufstehen.
Er setzte sich ans Feuer. Er aß wie ein hungriger Wilder. Archer schaute zu.
Er erinnerte sich an seinen langen Weg mit dem Speck auf dem Rücken.

„Sacobie, du wirst dich umbringen!“, sagte Archer.

„Sacobie bringt sich nicht um“, sagte der Micmac. Er verdrückte eine ganze Scheibe Speck
und hatte den Mund voller Brot. „Sacobie will leben, wenn er satt ist. Das macht Freude.
Danke für mehr Tee.“

Archer füllte den Becher und goss Zucker hinein.

„Warum bist du so weit von Fox Harbor weg?“, fragte Archer.

„Frau krank. Kind krank. Brot leer. Will gutes Essen.“

Archer lächelte ins Feuer. „Hattest du Glück beim Fallenstellen?“, fragte er.

Sacobie schüttelte den Kopf. Er versteckte sein Gesicht hinter dem Becher.
„Nicht viel“, sagte er später. Er wischte seinen Mund ab und holte eine Pfeife aus der Tasche.
„Tabak?“, fragte er. Archer gab ihm eine Tabakstange.

„Messer?“, fragte Sacobie.

„Versuch‘ es mit deinem eigenen Messer“, sagte Archer und grinste.
Sacobie seufzte und holte Archers eigenes Messer hervor.
„Du denkst, Sacobie ist ein großer Dieb“, sagte er.

„Hm, Messer gehen leicht verloren“, antwortete Archer.

Die beiden Männer redeten lange. Sacobie Bear redete ganz schön viel für einen Ureinwohner.
Sein Spitzname bedeutete „der Mann, der seine Freunde mit viel Gerede taub macht“.
Archer mochte Sacobies Witze und seine Lust zu reden.

Schließlich wurden beide müde. Archer bereitete für Sacobie ein Bett auf dem Boden.
Er legte Karibu-Felle und eine Decke hin. Dann sammelte er Tabak, Tee, Mehl und getrockneten Fisch.
Sacobie schaute interessiert zu. „Mehr Zigaretten, bitte“, sagte er. „Meine Frau raucht auch.“

Archer gab ihm mehr noch Tabak. „Tabak ist besser als Fisch“, sagte Sacobie.

Archer schüttelte den Kopf. „Ihr bekommt Fisch“, sagte er. „Aber ich gebe euch Milch für den Papagei.“

„Ah, das ist gut!“, rief Sacobie.

Archer schaute kurz auf die Vorräte. Dann holte er ein rotes Seidentuch und ein rotes Flanellhemd
aus einem Sack. Die Farbe war ihm selbst zu grell. „Diese Sachen sind für deine Frau“, sagte er.
Sacobie freute sich. Archer packte die Sachen ordentlich ein. Er stellte das Paket in die Ecke.
Es stand neben dem Gewehr von Sacobie. „Du solltest dich jetzt hinlegen“, sagte er.
Dann machte er das Licht aus. In zehn Minuten schliefen beide Männer.
Das Feuer wurde kleiner. Der Wind wehte um die Hütte.
Er streifte die Dachrinne und klopfte an die Tür.

Es wurde hell. Archer wachte auf. Er setzte sich auf und schaute sich um.
Sacobie Bear war weg. Er sah zur Ecke neben der Tür. Sein Gewehr und der Rucksack waren weg.
Er schaute nach oben. Auch Archers Speckscheibe war weg. Er sprang aus dem Bett und lief zur Tür.
Er öffnete sie und schaute hinaus. Es war windstill. Im Osten ging die Sonne auf.
Auf dem Schnee sah er Sacobies Fußspuren. Lange stand der Trapper still in der Tür.
Er betrachtete die Ruhe und Schönheit. „Armer Sacobie!“, sagte er leise.
„Der Speck wird ihm helfen. Auch wenn es der ganze Speck war, den ich hatte.“

Er drehte sich um. Er wollte das Feuer anzünden. Er wollte das Frühstück vorbereiten.
Da sah er etwas am Fußende seiner Koje. Er ging hinüber und hob es auf.

Es war ein gepökeltes Fell. Es war ein schönes Fell eines Fuchses. Er drehte es um.
Auf der weißen Haut stand „Archer“. Jemand hatte es mit einem verkohlten Stock geschrieben.

„Gott segne die alte Rothaut!“, rief der Trapper heiser.
„Gott segne seine Augen! Wer hätte gedacht, dass ich ein Weihnachtsgeschenk bekomme?“

Impressum

ISBN 978-3-911420-30-3

Kontakt: welcome@aibo-publishing.de
www.aibo-publishing.de

Redaktion und Übersetzung in einfache Sprache: Dr. Patrick Krause
Design und Illustrationen: Andreas Stobbe

Mit freundlicher Unterstützung von Eye-Able (eye-able.com).

Anmerkung:
Einige Erzählungen sind der Sammlung „The Children's Book of Christmas Stories" von Asa Don Dickinson und Ada M. Skinner (1913) entnommen.

Anmerkung: Sollten Sie einen gravierenden Fehler in einem unserer Texte finden, bitte melden! Wir belohnen jeden Hinweis mit einem korrigierten ebook und (auf Wunsch) persönlicher Erwähnung im Impressum unter „Dank an …". Bitte schicken Sie Ihren Input an welcome@aibo-publishing.de und danke für Ihre Mitarbeit!

Weltliteratur in einfacher Sprache

Wir wollen, dass alle Menschen Bücher lesen können. Auch Menschen, die Probleme beim Lesen haben. Wir benutzen einfache und leichte Sprache. So können mehr Menschen bekannte Bücher verstehen.

Wir werden viele Bücher in einfacher Sprache machen. Wir wollen dafür Computer-Programme nutzen. Experten werden die Texte dann prüfen.
Sie machen die Texte besser und leichter zu verstehen. Menschen, die schwer lesen, sollen die Texte testen. Ihre Meinung ist wichtig. So wissen wir, ob die Texte gut sind.

Unser Ziel ist es, dass alle Menschen Bücher lesen können.
Jeder soll Bücher der Welt genießen können. Egal, ob jemand Probleme mit Sprache hat oder nicht.
Unsere Arbeit hilft dabei, dass mehr Menschen Kultur und Bildung bekommen.

Deshalb bringen wir viele Bücher in einfacher und leichter Sprache raus, zum Beispiel die auf den folgenden Seiten...

Johann Wolfgang von Goethe -
Die Leiden des jungen Werther

Ausgabe als Taschenbuch
110 Seiten
Preis 12,98 EUR
ISBN 978-3-911420-07-5
Bestellbar unter https://t.ly/8TWo7

Edgar Allan Poe - Der Untergang des Hauses Usher
und andere Kurzgeschichten

Ausgabe als Taschenbuch
130 Seiten
Preis 12,98 EUR
ISBN 978-3-911420-12-9
Bestellbar unter https://t.ly/6cKqm

Franz Kafka - Ein Landarzt Kleine Erzählungen
Die Verwandlung

Ausgabe als Taschenbuch
98 Seiten
Preis 11,98 EUR
ISBN 978-3-911420-16-7
Bestellbar unter https://t.ly/owgxb

Theodor Fontane - Effi Briest

Ausgabe als Taschenbuch
288 Seiten
Preis 14,98 EUR
ISBN 978-3-9826254-7-8
Bestellbar unter https://t.ly/NE8Wh

Lewis Carroll - Alice im Wunderland

Ausgabe als Taschenbuch
136 Seiten
Preis 12,98 EUR
ISBN 978-3-911420-23-5
Bestellbar unter https://t.ly/046Z1

Jacob und Wilhelm Grimm - Deutsche Märchen

Ausgabe als Taschenbuch
140 Seiten
Preis 12,98 EUR
ISBN 978-3-911420-21-1
Bestellbar unter https://t.ly/aJm6v

Printed in Poland
by Amazon Fulfillment
Poland Sp. z o.o., Wrocław

43786901R00067